北野武第一短篇集

純、文学

河出書房新社

北野武第一短篇集　純、文学

目次

絵　北野武
装幀　矢野のり子（島津デザイン事務所）

北野武第一短篇集

純、文学

ホールド・ラップ

昼寝て、働く夜中のバイト！
寝ないで暴れた日米安保！
みんな卒業、俺だけ迷子！
ジャンジャン狂う生活テンポ！
四十そこらで早くもインポ！
小便以外でいじらぬチンポ！
今が幾つかわからねえ！

客が笑わない夢を見た。
昨日から始まった下水道工事の現場だった。これが赤坂ＴＢＳ近くにある飲み屋街のど真ん中、一ツ木通りと交差した細い二車線道路を片側通行にしてしまっていた。

　赤く明滅する保安指示棒を持ったバイトの俺。眼前の工事現場を挟んだ反対側では山田さん（この人も六十代のバイト）が車止めをしたり、流したりしていた。俺と山田さんは車の往来を任されているが、上手に連携しないと狭い道の中央で二台の車が鉢合《はちあ》わせしてしまったり、道を空けたままにして、長く車を止めてしまったりする。だから神経が参ってしまう。

　何でこんな夜中に工事をするんだろうと俺は首をひねる。昼間は社用の車やビジネスマンの邪魔をすることになるし、夜の浅い時間だったら酔っ払いや仕事帰りのヤツばかりで危ないからだろう。そう山田さんに教えられた。

　じゃあどうして毎年この季節になると色々な所掘り返してんだと思っていたら、「今が、ちょうど年度末で各省庁が予算を残したくないので無理に使ってんだ、余《あま》して今度の予算削られないように、とくに国交省なんか、この時期何処《どこ》でも工事してる」と俺を派遣する会社の社員が教えてくれた。そのお陰でお前らは俺らバイトからマージンハネてんだろうと思ったが商売は皆そういうもんだ。昔いた全共闘時代の学生なら、「資本主義の典型的な搾取《さくしゅ》だ！」なんて思うかも。

左翼のアイドル、マルクス、レーニン！

何人殺した、スターリン！

地球は青いか？　ガガーリン！

軍が殺した、張作霖《ちょうさくりん》！

滑って、転んだ、ジャネット・リン！

勝手に死んだ、前田《まえだ》隣《りん》！


誰、前田隣？　いたよなそういう人。俺、若いんだっけ？　何歳だ、ガガーリンにジャネット・リンなんて。山田さんが変な顔でこっちを見てる。この工事現場、ラブホテルの入り口の前だ。

「お客が入りづらいじゃねえか！」

ヤクザ風の支配人に凄《すご》まれ、会社が支配人に幾らか渡してるようだ。俺はバイト中なんだ。こんなバイトでも一応、二日くらいの研修があって日当が五千円くらいは出る。内容は声掛け、保安指示棒の使い方など。ルーティーンがあり制服が支給され、名前を登録すると前日には必ず派遣会社から連絡が入る。
仕事は研修通りの交通整理だが、さっきも言った通り今日は繁華街《はんかがい》の道路工事なので気が重い。時間が夜九時から翌朝十時までで、休憩時間もなく、ひたすら立ちっぱなしのバイト。終わるとそのまま帰って寝るだけの仕事だ。しかし食えないからやってるだけで俺には漫才という稼業《かぎょう》がある。できたらこんな仕事やりたくねえ、偉そうに思うが、現実はそうはいかねえんだ。

夢を見るほど、寝てみたい！
夢でもいいから、売れてみたい！
売れてアイドルやってみたい！
ハシシにコカイン、吸ってみたい！
ＡＶモザイク、取ってみたい！

相方の山田さんは好人物過ぎるのか、すぐ笑顔で頭を下げ、車を止めている、「工事ですいません」なんて。オープンしたてのスナックのマスターみたいな態度。それが相手のドライバーの感情を揺さぶる。

怒鳴られたり。

クラクションを鳴らされたり。

時には轢《ひ》かれそうになったりしてる。

こういう仕事は能面《のうめん》のような顔で感情をできるだけ押し殺し、あくまでも事務的に機械のように対応しないとダメだ。変にへりくだれば相手を助長してしまう。相手の文句をいっさい聞かず、淡々と事務的に仕事をこなすんだ。俺はコツを覚えるのに何日も掛かった。仕事終わりが朝なので支給された制服のまま家に帰る。現場の近くに立ち食い蕎麦《そば》屋があって、たまにそこで朝飯を済ませることもある。蕎麦屋の従業員のほとんどがガイジンだ。


何時《いつ》も行くのは立ち食いラーメン！

何処で食っても、変わらぬラーメン！

百円二枚でコロッケラーメン！

笑顔の店員生まれは、イエメン！

知らねえ言葉で挨拶すんな！

頼んだとたんに、お元気ですか？

元気がないなら、此処《ここ》来るか？

座って食ったの現場だけ！


山田さんは仕事が終わると、路肩に座り、一服するのが何よりの愉《たの》しみらしい。昔は川崎のネジ工場で大手の下請けをしてかなり儲かってたらしい。それが不景気で下請けの工場にしわ寄せが来た。ネジ一本五十銭まけろ、とか。そんな無茶、みんな下請けに押しつける。温厚な山田さんもアツくなって叫んじゃう。

「国は何やってんのかなあ、金持ちはジャンジャン金持ちになって、貧乏人はもっと酷《ひど》くなる、こんなの小泉政権からだな！」

「どうなってんだ、この国は？」


皆辞めちゃえ自民党！

裏で糸引く公明党！

何に変わった民主党！
皆が逃げた希望の党！
皆忘れた維新の会！
国民党は蔣介石《しょうかいせき》！
何が立憲、護憲、東郷健！
まーだ、いるのか共産党！

山田さんが「今はコツコツ働くより、ＩＴとかで大金持ちになったヤツがごマンといるらしい、あんちゃんもこんなことしなくてもっといい仕事見つけなよ！」なんて諭《さと》してくる。

そんなことわかってるよ。でも、ハナからＩＴなど興味はないし、俺には売れない漫才師しかやれることがないんだ。

なんてクサイ台詞《せりふ》も言えなかった。山田さんは偉いよ。工場を倅《せがれ》に譲り、倅の赤字の分まで援助してる。道路工事が終わると、その足で宅配の仕事に行く。

電車に乗って中野に帰る。何時までこんな生活するんだろう。芸人諦めるか。なんて考えてると部屋に着く。

誰も借りねえ、貧乏マンション！
便所が壊れて、外で立ちション！
暫《しば》くやらない、マスタベーション！
何時も行ってる、オーディション！
ぜんぜん来ない、リアクション！
マネージャーなど来たことねえ！
ＴＶもラジオも出たことねえ！
ＢＳ、ＣＳ、観たことねえ！
タダで女とやったことねえ！

ウトウトしてると大学時代の友達から、久し振りに仲間で会おうと電話が入った。相手は浅野というヤツだ。もう一人は吉田。どうだっていい。俺と同じ芸能界を目指していたヤツらだが、俺の耳に入ってこないのは上手《うま》くいってないのか、もう辞めたのかわからないが、ちょっとは懐かしいので明日休みをもらって浅草で会うことにした。派遣会社の文句がイラつくが、謝るしかない。浅草の寄席《よせ》には出入り禁止になっている俺だが、他に店知らねえし、けっきょく浅草に行くわけだ。

昔のダチから久々テレホン！
思わず手にする、貰ったアイホン！
誰に聞いたか携帯ナンバー！
声は変わらぬ昔のメンバー！
俺と同じで無職のチョンガー！
金がないのでバイトに夢中！
やる気がないので、クビはしょっちゅう！
飲むもの何時も安物ショウチュウ！
借金だったら断りゃいいや！
一人待ってる、六区の飲み屋！
何でもあるがいいものねえや！

つまみの味など興味はねえや！
帰りに払う金もねえ！

顔が売れてないのに、他人に見つからないように浅草の飲み屋に入る。何をこんな警戒してるのか、嫌になる。スツールに腰を下ろすと、ヤツらまた遅れてるなと昔を思い出した。そういう風にでき上がった人種なのだろうか、あの二人は必ず遅れる。学生時代からずっと変わらない。会社もクビになるのもよくわかる。あんなに遅刻する連中だ、産道を通って生まれてくるのも遅れてきたはずだ。あれこれ考えていると、脇からいきなり「いらっしゃい、ナニにしましょう?」の声。マヌケな笑顔のフィリピン人店員が立っている。即座にホッピーと答えた。これで安くて酔えるんだ。

金が無ければ、飲むのはホッピー！
美味《うま》くなくても、心はハッピー！
静かに飲んでる、昔のヒッピー！
メダカじゃねえのか、売ってるグッピー！

やっと二人が来た。

どう見てもうらぶれた中年男で貧乏くさい。「何だもう来てたの？　上野で一杯やって時間潰してたんだァ」なんて。相変わらず嘘つきの二人組だ。そんなカネあるわけねえじゃねえか。

「いや、ちょっと時間間違えてよ」

俺は何にも理由が見つからなくて、つい答えた。すると吉田が「センスねえ！　何か笑わせろよ、だから売れないんだ」とほざきやがる。だから俺も「お前だって売れてねえじゃねえか、映画スターだ？　観たことねえぞ」と言い返す。すると浅野が「ヤツはいま売れてるぞ、AV界の三船敏郎《みふねとしろう》って言われてんだ」と割ってくる。吉田はすぐに「馬鹿、一回しか出てねえよ」などと嘘つき同士息が合ってる。まあ、相変わらずだった。浅野が「お前はどうなんだ？」と水を向けてきたので、俺は「どうにもならねえ！」と正直に言った。

舞台じゃ必ず何時ものギャグ！

何でも笑う、間抜けなキャク！
何年やっても上がらぬギャラ！
喉はカラカラ、客はガラガラ！
危ないネタに、小屋主ハラハラ！
売ってくれない貧乏事務所！
殴って辞めても、行くのは刑務所！

こっちの話を聞いていた店の親爺《おやじ》は元芸人で、必ず他人の話に入ってくる。それはいいが、途中から昔の自慢と説教に変わってきて、誰のネタは俺が作ったとか、あの芸は俺が教えてやったとか、最後には人の酒でベロンベロンになってしまう。どうしようもない親爺だが、それを許すのが浅草らしい。

舞台のネタは飲み屋じゃＮＧ！
他人のネタをパクってＣＤ！
わかんねえのに、偉そうなＡＤ！

義理で買わせる、間抜けなＤＶ！

拳銃作ろか、アメリカ３Ｄ《スリーディー》！

結局は三人の愚痴《ぐち》大会になってしまい、一番得したのはぐうぐう寝ているタダ酒飲みの親爺だった。

三人全員、女に逃げられ、仕事が上手くいかず、どん詰まった状態がここ何年も続いている。

店の親爺の悪口を言ってる場合じゃない。

お互いわかってるがそれを認めるのも怖い。しかしまた酒がすすむにつれ、皆の愚痴が再び始まるのだった。


必ず出て来る社会の不満！

何時も始まる貧乏自慢！

相手に合わせる自己欺瞞《ぎまん》！

ここまで匂う、セキネの肉まん！

今年二回の女とコーマン！

ゴーマン美智子は何処行った？


皆と別れて一人きりで浅草橋まで歩くことにした、ヤツらはもっと一緒にいたかったらしいが、まず自分のことを考えないと。今の俺では二人に気の利いた言葉も掛けられないし、助けてもやれないんだ。

漫才辞めちゃおうか？

俺には才能がないのか。

運がないのか。

もうわからなかった。

ポンと肩が当たった。よそ見をしてて前から来た男に気が付かなかった。その男は急に倒れ込み、痛い、痛い、と大袈裟《おおげさ》に叫ぶ。まだ浅草には当たり屋のホームレスがいるんだと思った。

あまりウルサいので、なけなしの千円札一枚を渡したら、これじゃあ傷が治らない！三千円くれと言い出すので、思い切り殴ってやった。当たり屋は凄い勢いで逃げていく。

一体、彼奴《あいつ》どこを怪我したんだ。浅草は昔からこうなんだ。

肩が触ればネイマール、
のたうち廻って三千円！
勝手に倒れて、奈良判定、
山根《やまね》のお陰で三千円！
止めた自転車自分の物、
返してもらうの三千円！
ひさご通りの元花魁《おいらん》、
一回触って三百円！
病気がうつって三万円！

変なヤツに関わってしまい、危うく浅草橋を通り過ぎるとこだった。浅野も吉田も大丈夫かな。もう自分のことを忘れてしまい、二人を気遣ってる。浅野は自動車会社でエンジン設計をやりたくて内燃機のゼミに入り、夢が叶って大手の自動車メーカーに就職、その頃は俺に説教ばかりしていたな。

しかし、配属されたのは車のディーラーで車のセールスをやらされ、設計に携わるチャンスはまるでなかった、それからの浅野は支店長になってもヤケになってしまい、酒と博打《ばくち》で女房、子供に逃げられ、俺と同じバイト生活だ。

吉田も俺と同じで芸能界に憧れるだけでフラフラし、気が付いたら、仲間はみんなサラリーマンになっていたクチだ。

二人の乗った人生路線は脱線で、俺と同じ困窮電車に乗っている。

別れ際、吉田が「死んじゃおうかな」なんて言い出して諭すのに苦労したが、俺も、浅野も同じだよ。

よくわかんないうちに古い地下鉄のホームに降りてしまった。終点の浅草からボロい電車が来た。

上野で乗り換え銀座線！
みんな繋《つな》げろ山手線
どうにか乗れた中央線！

どうにもならない前立腺！

電車の中で二人のことを考えると不安になってきた、彼奴ら本当に死ぬんじゃないだろうな。

今はネットで自殺の方法がよく出てる、何で国はほっとくんだろう。

しかし生きるって何だよ？　死ぬことって何だよ？　人は何で生きてんだ。子孫を増やして命を未来に引き継いでいくことなんだ、何を言ってやがんだ、だったら戦争なんかするかよ。死ぬと天国か地獄に行く、誰か帰って来たヤツいるか？

教えてくれ、天国がどう素晴らしいのか。

地獄がどう怖いのか。

生きることは自分で決められないが、死ぬことは決められる、自殺ってのがあるから。

不思議なもんだ、まだ生きるぞっと張り切ってもダメなもんはダメだ。最後の保険に自殺を考えておくか、死ぬ気なら何でもできるだろう、何か昔の人みたいになってきた。

でも死ぬ気になってもダメなもんはダメだけどなあ。

一番楽な、練炭自殺！
家族が迷惑飛び込み自殺！
死ななきゃ地獄薬物自殺！
樹海でやれよ首吊り自殺！
百キロ泳いだ入水自殺！

しかし何でこんなに貧富の差が激しくなったんだろう、昔のバブルってのはあったのか？　あのカネは一体どこ行ったよ。バカでも稼いでたし、マンションとかビル、アメリカのロックフェラーセンターやハワイのゴルフ場、映画会社とか何でも買えたんだよ？

誰もが金持ち裸のバブル！
成金親爺の金歯もバブル！
呼んだホテトル、端《はな》からダブル！
扇であおいだパンツもバブル！

ワンレン、ボディコン、大村崑《おおむらこん》！
俺を怒った、市川崑《いちかわこん》！
一曲売れた、ブラザー・コーン！

あの頃、皆が浮かれてたと言うが、それは後になって言い出したことで、当時は浮かれてるなんてこと、誰も気が付かず、天然痘《てんねんとう》がヨーロッパ人によって南米に持ち込まれたように、なぜか原因など気が付かず、バブルなんて意味もわかんないまま、皆はしゃいでいたんだが、アレがはじけると思ったヤツがいたのかよ？　実際にバブル期はあったんだろうが、大きな災害の後のように皆淡々と生きているよな。人間も社会も凄い、多数の人にとってはいい思い出だ。浅草なんかで飲んでるとバブルの昔話で未だに盛り上がってる。

銀座じゃ皆がピンクのシャンパン！
金で釣られる女達、
今はホステス昔はパンパン！

皆食ってた、コッペパン！

どっちが主食だ、焼きそばパン！

桜が付いてる、木村屋のあんパン！

シンナー買うのに隠語はアンパン！


このあいだ、浅草の仲見世《なかみせ》通りで昔、建築会社の社長だったオッサンに会った。バブルの頃は、ロールスロイスに乗って、ネクタイピンやベルトのバックルに大きなダイヤをつけて、マイティ・ハーキュリーかと思うほど成金の典型だったらしい。それが会った時の格好は、白いジャージにサンダルで自転車に乗って、酔っているのかよろよろ走って来た。「親爺さん元気！　何処行くの?」声を掛けると「パチンコ、今日開店だ！」呑気《のんき》に行ってしまった。バブルの後遺症などぜんぜんない。

パチンコってのは誰が付けた名前だ？

パにちんこを付けてパチンコか、ちんこ、で玉がじゃらじゃら出て来る、こういうワイセツな言葉どうやって名付けたんだろう？　ちんぽ、玉金、コーマン、陰部、何だこの言葉は？

撮って捕まる、女の陰部！
出して捕まる、男の陰部！
ウンコを運んだ、電車は西武！
練馬、板橋、行くのは東武！
何時もの出汁《だし》は、利尻の昆布！
知らずに吸われる、田舎《いなか》の虻《あぶ》！
ドリフのお荷物、高木ブー！

派遣会社に電話してみると、「明日から青山通りの紀ノ国屋の前が現場になるから、十時頃には来てくれ、朝五時までだからちょっとバイト代安いよ！」だと。ケチな連中だと思ったが、金がないのでしょうがねえ。

青山通りか。青山学院の近くか、あの大学って駅伝で人気出たろうな、もともと青山に学校があるんだから、田舎者にとっては夢のキャンパスかよ。俺もちゃんと学校行ってりゃ良かったな。大学の運動部出身は人気が高いから就職は楽らしいし。そりゃあ、日大のアメフト見りゃ、監督やコーチの言う通り相手の選手にタックルして壊そうとするんだから会社としては是非運動部出身が欲しいだろ。

タックルして壊せ！か……。

何言ってんだ、俺。

俺も運動部にでも入ってれば良かった、レギュラーじゃなくていいらしい、強い対抗戦のラグビー部なんか部員が多すぎて、一軍から五軍まであるらしい。下位の学生は就職のために籍だけ置いて、いい会社に入ろうとするんだって。セコいのって何処でもいるよな。

そんなこと言っても俺の方が情けない、夜中に赤い棒振って、謝ったり、怒られたりしてんだから。

部屋に戻ってすぐ、携帯が鳴った、浅野だった。「いま吉田のマンションにいるんだ！」「なんで?」「彼奴《あいつ》ドアノブにヒモ括《くく》って首吊った！」「下北の前と同じ所か?」俺は慌ててマンションを飛び出す。「自殺！　何やってんだ、あの馬鹿野郎！」タクシーを待ちながらお経のように吉田を罵《ののし》る。俺の知ってる吉田の友人に早く電話しなきゃ！

電話をしても、誰も出ない！

親も兄弟、死んでいない！

別れた女房、音沙汰ない！

遺産、遺言、何もない！

通夜に友達、誰も来ない！


「人は寂しいな」

一人になってそう呟《つぶや》いた。

でも死んだヤツにとって、後のことは知る由《よし》もないし関係ない。残された者が寂しいとか、悲しいと思うだけ。

俺が死んだら、誰が悲しみ、誰が泣く！　死後の世界はわからない、連絡してくれ、あの世から。そしたら信じる死後の世界！

何時までもバイトじゃ駄目か。そう思っても吉田のことを思えば、自分の将来がどうなるかわかってない。未来は何年先のことではない。今の未来は一秒、二秒、三秒後と続いた先の何年後だ。未来を思うことは一秒、一分後の自分を考えることだ。過去などあってもなくてもどうでもいい、戻ることはできないのだから。希望も持たず、夢も見ず、ただ生きていく、それでいいんだ。
玉置《たまき》浩二《こうじ》の「田園」だ！

生きていくんだ、
それでいいんだ、ホームレス！
生きていくんだ、
それでいいんだ、死刑囚！
生きていくんだ、
それでいいんだ、末期ガン！
生きていくんだ、
それでいいんだ、ユーロの難民！
生きていくんだ、
それでいいんだ、植物人間！

明日すぐ派遣会社に行って暫く休ませてもらおう、浅草の演芸場の支配人に謝りに行こう。

「頑張ります」「真面目にやります」「一生懸命やります」何だこの言葉は？　漫才で一番やっちゃいけないことじゃねえか！

頑張る、漫才！
真面目な、漫才！
一生懸命な、漫才！

漫才がウケないのは、こんなことを本気でやってるからだろう。いい加減に、不真面目で適当な漫才じゃなきゃ駄目なのに。わかっているがこう謝るのが支配人とタレントの決まりごとらしいんだ。支配人の部屋でひとしきり説教を喰らい、頷くだけ。

ネタを、変えろ！

服を、変えろ！

名前を、変えろ！

態度を、変えろ！


もう帰ろう、全部やりたくねえ、そんなことしたらどこも使ってくれねえ。結婚式の司会だって今はもっと気楽にやってウケるのに、お客様は神様みたいなこと、このハゲはまだ信じてる。浅草のロック座に行ってみろ、神様が観音様覗《のぞ》いてるじゃねえか。

結局来月の出演が決まったが、支配人の言うことを聞くわけないので、また干されるだろう。挨拶して舞台でも見るかと思い、劇場の後部に立って若手の漫才を見ていた。

急に、はとバスの客が入って来た、ワアワア言いながら漫才師バックに記念写真を撮り始め「インスタバエー」とか何とか言ってポーズを取ったりしてる。若手の漫才師は急なことで客を仕切れない。そのうちガイドが「皆さん、バスに戻る時間ですよー」なんて平気で大きな声でがなるので、波が引くように田舎者が出ていった。連中は笑いとカンケーなく入って来て、勝手に出て行く。やりづらくってしょうがない。

事故でも起こして死んじまえ！　自分でも酷いこと言ってるな。でも声に出してないので大丈夫。何言ってんだ、俺。吉田の死でおかしくなったか。

相棒に電話して、たまには新ネタでもやろうと浅草へ呼び出す。此奴《こいつ》は気楽でいいなあ、彼女が美容師だもんな、髪結いの亭主じゃねえか！　それにネタは考えない、漫才下手、売れなくてもいい身分。考えていると腹が立って来た！　すぐ相棒に電話してキャンセルしてやろうか。

支配人に謝って出してもらった舞台の初日、いきなり俺の作った新ネタで相棒がドギマギして、頷くばかりで突っ込まない、猫にご飯と言おうが、石の上に三人、馬の耳に御陀仏《おだぶつ》、三人患者、何を言おうと「そう、そう、ありました、そういうこと」まるでお話にならない。イライラしてるところに、またはとバスの客が入って来て、余計腹が立って来た。「皆さん、はとバスのお客様が田舎《いなか》から演芸場に見物に来ました、どうぞ拍手で、この田舎カッペ、とか百姓《ひゃくしょう》とか言って迎えてやって下さい、よッ！　待ってましたコノ田舎者」なんて俺が腹立ち紛れに怒鳴ると、浅草の客も一緒になってはとバスの客を野次りだした。よく考えれば、小屋の客も田舎者だが、はとバスの客は自分達が歓迎されてると勘違いして、手を振ったり、写真を撮ったりで大騒ぎだ。

頃合いを見て、「さあ、田舎に帰ってもらいましょう、帰れ！　帰れ！」。客が今度は帰れコール。さすがのガイドも焦ってきて、「皆さんお時間です！」なんて、わずか五分でバスに戻っていった。

はとバスの客が帰った後、延々連中の悪口をネタにして舞台を降りた。案の定、支配人に呼ばれた。出入り禁止だ。情けないがまた派遣会社に電話した。年度末で人が足りないのか、担当の男は嫌味も言わず、すんなり明日から浅草ビューホテルの近くの現場に十時に入ってくれと言って来た。俺もずうずうしく「誰が来るんですか？」なんて聞くと「山田さん、あの人真面目だよ、休み取らないもの」とか、結局嫌味を言ってやがる。

今日はもう終わりだし、支配人の馬鹿野郎や相棒にも腹が立つし、酒でも飲もう。でもあの親爺の店は止めた。金がないので、ここ営業許可取ってんのか、と思うような昔からよくある、観音様の裏手で運良くカネを拾ったホームレスなんかが飲んでる店に行ってみた。

ばくだん、メチル、

何でもある！

此処のお陰で、
按摩《あんま》が増えた！
何でも飲み込む此処の客、
俺の馬券も飲み込んだ！
今日も一日、
ホップ、ステップ、
脳溢血《のういっけつ》！

浅草はいいや。すっかり酔って、いい気持ちになって来た、酒なんて酔えばみんな同じだ、何がシャンパンだ、フランスのパンパンか？　何がコニャックだ、こんにゃくだと思ってる馬鹿がいた。ヘネシーはナポレオンの女房だと言ったのは相棒だ！　浅草の食い物屋も怪しい店が多い。

親がいないぞ、親子丼！
玉子丼、これがほんとの、孤児《みなしご》丼！

ドジョウじゃねえか？　穴子丼！
うどんも混じる、カレー丼！
目玉焼きだろ、オムライス！

浅草じゃ、何でも安いのでしょうがないけど、たまに寿司でも食ったら、笑える店がいっぱいある。

棒で殴った、カツオのたたき！
一枚少ない、三枚おろし！
勝手に握るな、インド人！
ガリはお前の、ガムじゃない！
残した物を食うんじゃない！
サイダーのコップで、お茶出すな！
頼んだ物を、ちゃんと出せ！
酢飯じゃなくて、腐ってる！

恵方巻き、吉原向いて食うんじゃない！
一度もマグロが出たことない！
これは、水族館のイルカの餌か⁉
ヒラメやカレイじゃない、
水槽の底にいるのは、死んだアジ！
食中毒出して、翌《あく》る日店の名変える！
板前は、店では下駄だろナイキは止めろ！
多めに握って、自分も食うな！
カウンター、人の座った気配がない！
カウンター、二人の名前、彫るんじゃない！
盛り合わせ、刺身に歯型付いている！
回転寿司、ハシでつまむな皿を取れ！
ストップと、掛け声かけてどうすんだ！
プロレス技かカリフォルニアロール！
自分が廻る、田舎者！

皿を隠すぞ、オイラの相方！

馬鹿馬鹿しいから家に帰ろう。

今の俺は本当に俺か？ 誰か何処かの売れてるヤツか？ この場所は現実にあるのか？ 単なる幻想か？ 未来の子供のシミュレーションか？ 一日寝たら全て過去だし、明日はまた山田さんと交通整理の日常のはず。新しいことなどできはしないし、考えることも面倒くさい。明日は浅草の国際通りだから道は空いてるだろう、ちょっと気が楽だ。山田さんと組むと、大抵怒られたり、クラクション目いっぱい鳴らされ助手席の女に馬鹿にされ、「いい歳してまだこんな仕事してるの？」と言われてるような気になってしまい、いつか漫才で売れたら、金でテメエなんかボロボロにしてやると思ったりするんだ。

浅草から地下鉄で上野に出て、山手線、中央線、総武線か。何でもいい、帰ればいいんだ。

でも浅野はどう思っているんだろう、吉田が死んで、浅野も女房、子供いなくなって仕事も辞めてるし、これからどうすんだ。会社で働くってことはどういうことだ、自分と家族がどうにか食っていくために働くのか。食うためだったら、死なない程度に働いて、何かやりたいことを見つけてろよ。これじゃ間抜けなコメンテーターみたいだな。出世諦めたサラリーマンってていいだろうな。でも、そんな甘くねえか、すぐクビか。しかし官僚ってのはいいな、税金勝手に使ってさ。何だ昔のノーパンしゃぶしゃぶ、ってのは？　馬鹿な倅を医大に頼んだヤツもいたし、これも昔いたタレントの替え玉入学とどう違うんだ。タクシーがビールとつまみ付きで官庁街に残業明けの官僚待ってた日もあったらしいぞ。何がいいって国にたかるのがいい、皆国民の金だもの。賢い野郎はそのことだけ、しょっちゅう考えてるんだろう。後は婆ァと爺ィの金だ。何だよ、オレオレ詐欺ってのは。

昔、傷ついたツルを助けた爺さんと婆さんがいて、そこに助けられたツルがお礼に来た、機織《はたお》りをするから絶対見ては駄目だと言ってツルは部屋にこもった、暫くしてあんまり働いてる気配がないので、部屋を覗くとツルがただ寝てる。怒った爺さんが「おいツル恩返し、しないのか？」と聞くと、ツルは「馬鹿野郎、俺はサギだ」って逃げていった。そんな昔話を思い出したじゃないか。

今までの親どもは子供の将来のためにサッカー、野球、ゴルフに通わす。運動神経が良くない子は、塾行かせて東大、京大へ。そこから国家公務員。誰でもそういう風に考えてた。
　しかし最近、漫才師とか子役、モデルの仕事を子供の頃からやらせたい親が多い時代になってしまった。またバカガキもセンスもないのにその気になって、芸能学校なんてノータリンでも入れる、金儲けだけを目的にした学校もどきに入ってしまい、卒業したら、数人を除いては皆無駄だったことに気が付く。これで儲けたヤツ、損をしたヤツが子供時代から始まる。吉田なんか中学から養成所に多額の金を取られ、結局紹介されたのはＡＶ仕事だけだった。高級官僚といっても最後には次官に一人なるだけで、後は皆天下《あまくだ》りだろ。それでも普通の会社員より運がいい。安くて辛《つら》い仕事はみんな外国人頼み、仕事はあるのに失業者が多い。なんだか年寄りだらけの変な国になってしまった。

日本国中、年寄りばかり、
八十過ぎたら死刑はどうか！
七十になったら、
国に奉仕の、徴兵制！

誰でも入れる、国立姥捨《うばす》て山！
税金しこたま払えば、国立アヘン窟！
わいせつ罪は、みな無罪！
豊洲に東京自殺ランド、
ベンゼン吸って楽しいな！

若い頃は中年の親爺を見ると、「俺もあんなになるのか、嫌だな」なんて思っていたが、いざなってみると自分の歳に納得してしまい、このぶんだと普通に爺ィになってしまって、何も感じないのかも。子供に夢を預ける気はないし、ハナから子供はいないし、俺にはたいした学歴もない。こうなりゃ、早く歳取って好きなことやって、何かあったらボケた振りだ。今、年寄りが最高だ、年寄り用のサプリメントと健康器具、食事のレシピ、これじゃ犬、猫と同じだが、儲けられれば何でも手を出す、金のないヤツなんて相手にしない！　ってもんだ。やっぱり世の中、カネか？

そのうち出てくる犬、猫、精神科！

ペット専門、ソープランドに、デリヘル！
ペット専門、人生相談、何が人生だ！
ペット専門、恐山《おそれざん》のいたこ！
ペット専門、エロ写真！

これからは犬や猫、年寄り用の商売がもっと凄くなるだろうし、他に何があるだろうか？　この頃はホモとかレズ、オカマや同性愛、何とかジェンダーって人が社会に認められ、仕事も自由にやれる時代になってきた。この人たちが狙い目かな。浅野に相談してみようか。もう寝よう、明日から道路工事だ、浅草、嫌だな知ってる芸人に会わねえように祈ろう。
夢の中で、オカマの格好した俺達が漫才してた、オチは相棒のでっかいチンポ！

――どうも四郎でーす、六ちゃんでーす、二人合わせて、四、六のカマでーす。
――四、六のカマじゃわかんねえだろう？　ガマだ。
――いいんだよ、ゲロ、ゲーロ！

――そりゃ、球児《きゅうじ》、好児《こうじ》だ。
――いるよー、ゲロ、ゲーロ！
――もう止めろ人のネタは！

夢で笑ったな、下らない。

彼奴《あいつ》はケツの穴の大きなヤツだ、
（ケツの穴が小さいの逆）
オカマが一番男らしい仕事だ、
（オカマは男しかできない）
青江のママは元陸軍戦車隊長！
アメリカ海兵隊をシメた新宿のオカマ！
軍配でケツを擦る、式守伊之助！
何でも自分でできる男達、
どうぞオカマいなく！

夢の途中でつまらなさに気が付いて、目が覚めた。俺は夢でも才能がない。合成ドラッグでもやってみようか。そんな馬鹿できない、酒じゃたいした効果ない、何か合法的なモノ探そう。

浅草で工事のバイトやってりゃ何か見つかるだろう、もう昼過ぎだがまた寝込んだ。現場ではもう山田さんが着替えて待っていた。俺は作業着のまんまで来たから、面倒くさくない。だけど電車の中でジロジロ見られるのが嫌だ。視線にイライラさせられる。しょうがねえか。国際通りは車の数も少なく、道幅も広いので、片側の一車線を止めるだけで、車は勝手によけていく。俺達は交代で棒を振ってるだけで、文句を言ってくるヤツはいないと思っていたが、さすが浅草、いつの間にかホームレスが紛れてる。ヘルメットを被《かぶ》ってないので気が付いたが、此奴《こいつ》、工事用の鉛や銅線を盗んでいた。また、道の脇から急に当たり屋ホームレスのネイマールが飛び出し、当たってないのにのたうち廻り、救急車を呼んだり、めんどくささは赤坂と同じようなもんだった。

運悪く、劇場の支配人が歩いて来た、下を向いて顔を隠そうとしたが間に合わず「おい！」と声を掛けられた。「お前、漫才どうすんだ。こんなことしてるより一回十五分舞台に立てば食えるようになるのに、諦めたのか？」なんて。何を言ってやがる、お前がクビにしたくせに。そのうちＴＶやラジオに出て頼まれても劇場なんか出ねえ。心で思ったが「頑張って、いいネタ作って見せに行きます」などとセンスのないことを言ってお茶を濁《にご》した。山田さんが「知ってる人？」って聞くので「劇場の支配人で、単に大学出ただけで漫才なんか何も知らないヤツ。文句ばかり言ってんだ」と教えてやる。山田さんも「現場知らないで、文句ばかり言ってるヤツいるよな」と納得した。支配人の向かう方に漫談のポンコが手を振っている、なんだ、あの女とデキてんだ。だから、つまんねえ漫談なのに使ってもらってんだ、あの女。

いつの間にか時間が来た、酔っ払いが旗振って仕事の手伝いをしてやるとか言うが邪魔でしょうがない、よく見ると昔のナンセンストリオの一人だ。「赤上げて！　白下げないで赤下げない！」これで売れたと自慢する。いま親亀荘というアパートでのんびり暮らしてる。相変わらず酒が入ると、旗持って来て持ちネタの旗上げをやってしまうらしい。今日もどっかの宴会の帰りだろう、ちゃんと赤と白の旗持ってた。芸人の性《さが》だな。

派遣会社から急に電話が入り、「加藤クン、君漫才の仕事やってるよねえ、急なんだけど明日、砧《きぬた》の東宝スタジオに六時半までに行ってくれないか、ちょっと演技ができる人、欲しいんだって、エキストラだと思うから、行ける？」と言ってきた。「はい、すぐ帰って、寝て行きます」と俺。向こうは「遅刻しないでね！」なんて。どうせ派遣会社のヤツ、急な仕事でギャラが高いので、俺を売り込んでマージン取ろうとしてるな。何回かTVや映画のエキストラをやったことがあるが、色々なサイズが合わない衣装を着せられて、死体を囲んでたり、台詞はないが刑事役の役者に写真を見せられ、首を振ったりしたことはあった。スタジオに言われた時間に行くと、かなりの人が集まっていた。中心でキャスティング会社の人が「二家本《にかもと》剣友会の人は衣装部屋で名前と役を言って下さい、他の人達は隣の衣装部屋で衣装を着て、床山《とこやま》さんの処《ところ》へ行って鬘《かつら》を着けてもらって、第二スタジオに集合して下さい」と仕事を振り分けてる。

なんか大袈裟なNHKの大河ドラマの撮影のようでちょっと嬉しかったが、衣装部屋に行ってみると、もう何人かが百姓の衣装を着せられながら話していた。仕事には慣れているらしく、「こないだのテレビの『風林火山』は酷かった、押してばかりで昼めし食ったの三時だぜ。昔の撮影は終わったのは翌日の朝だった」なんてエキストラのくせにベテランらしい。俺はどんな役だろうと思ったが、かすりの股引《ももひき》に毛皮を渡され、ほどんど月代《さかやき》のない汚《きたね》え鬘を被された時、大体わかった。スタジオに入る前にADから箇単な注意がある。「この仕事初めての人はいますか？」何人かが手を上げ、「じゃあ、簡単な注意だけしときます、初めにADが立ち位置を決めます、それを監督がなおすことがありますが、常に現場の係の言うことを聞いて、勝手に動かないで下さい、簡単に言うと立ってりゃいいんです」コノヤロー、俺らを人間扱いしてねえ、単なる置き物扱いじゃねえか。

立ってりゃいいや、映画の現場！
立ってりゃいいや、姉歯《あねは》のマンション！
立ってりゃいいや、本番男優！
立ってりゃいいや、六区のぱんぱん！
立ってりゃいいや、空き巣の見張り！
立ってりゃいいや、田舎の案山子《かかし》！

スタジオに入っていくと、ADが「今回の主役で子役、玄武扮《ふん》する尾上俊太郎さんです」などと無駄に元気に紹介する。パラパラと気のない拍手。シーン15、村に捨てられた城の跡継ぎである子供を捜し当てた悪代官と家老の場面だ。位置に就いて「あんたが先に斬られる、次にあんた、ここであんたが相手に斬り掛かる。同時に皆一斉に刀を抜く。前に剣友会メンバーがやって来て、斬り合いが始まったら子供連れて逃げるだけ。

主役の横に、立つんじゃない！
芝居しながら、前に出てくんじゃない！
死ぬ時カメラの前で、粘らない！
倒れる場所を、探さない！
斬られる、相手に挨拶しない！
何時までも、現場にいない！

こんな注意をＡＤに受け、軽いリハーサルがあって本番。俺は百姓の格好でわーって逃げるだけだから楽だった。
次の撮影は現代もので俺と仲間役の二人がビルの隙間で死体を見つける役だった。しかし監督が凝り性で、何回も酔って歩いてる三人のサラリーマンがリアルじゃないなんてワガママ言い出し、何時間もスタジオの中を歩かされた。面倒くさいから俺は浅草でよく見る、酔っ払いを思い出しそのマネをしていたが、他の二人が交代になった、交代させられた二人は落ち込んで飯も食べていなかった。

皆、この仕事に賭けてるんだ。よく監督がそいつの演技を見て主役に抜擢《ばってき》したなんて、シンデレラみたいな話がまだこの世界に残っているが、実際は夢のある時代じゃない。何でもコネとカネだ。主役の子は大手プロダクションの売り出し中のアイドルなので芝居が上手い下手など関係なく客が入るだろうと会社は思うわけだろ。今の時代はそういうもんだ。

スタジオからバスが成城学園まで出ているので、それを待っていたら、アイドルが付け人運転手付きのベンツで偉そうに帰っていった。もっと情けないのは映画のスタッフやプロデューサーが頭を深々と下げ、見送っている姿だ。あんなガキ、保《も》って五年だ。その間に稼がされて人気がなくなったらクビ。そのうちクスリかなんかで捕まるぞ。だから俺はアイドルを可哀想なんて思わなかったし、そうなることを期待している。俺は悪魔か？　でもリアルにはそんなことを言えねえな俺。売れたことないし。

売れなくなったら、買うしかない！
買うにはヤクザに、聞くしかない！
聞いたら出て来た、イラン人、
話がまるで通じない！
通じないなら、ジェスチャーで、
鍋のしゃぶしゃぶ、わからない！
やっと手にする覚醒剤、
興味と期待で待ちきれない！
段々はまる覚醒剤、
これで最後が三十回！
金も無くなり、もうヤラナイ、
でも仲間がくれる覚醒剤！
頭が知った覚醒剤、
どこへ行っても、逃げられない！
刑事が待ってた俺の部屋、

留置所の中じゃシャブがない！
拘留終わって、玄関前、
迷惑掛けたと謝るしかない！
いつまたやるか、それが怖い！

昔、ヒロポンってクスリを戦争中、軍需工場で働く人に軍が配った。疲労がポンと取れるからヒロポンと言うんだ、と山田さんから聞いた。昔は薬屋で売ってたらしい。
山田さんと久し振りに三軒茶屋の近くの国道２４６の工事でコンビを組んだ。仕事内容は何時もと同じだ。売れたタレントの麻薬の話をしたところ、山田さんは「売れても、売れなくてもクスリをやるヤツだからダメなんだ」と言う。俺が「じゃあ芸人も売れても、売れなくてもシャブ中になっちゃうのかなあ？」なんて訊《き》くと、「中毒したら、もうシャブさえあればいいらしいよ死ぬまで」と訳知りに頷いた。
俺は心で「じゃあ……」と叫んだのだ。

シャブがあるんだ、　それでいいんだ、

シミケン！
シャブがあるんだ、それでいいんだ、
マーシー！
シャブがあるんだ、それでいいんだ、
ノリピー！
シャブがあるんだ、それでいいんだ、
ミッキー、ボッキー、マッキー！

もう止めた、こんなネタ考えてどうすんだ、俺もやってみたいがカネがない、芸人で有名になることが夢だったのに、生きてればいいのか？　じゃあ何のためだ？　また堂々巡りになってしまった、生まれて、育って、年寄りになって、死んでいく、これに逆らうと、生まれないし、爺さんにもならない、なので死ぬはずもない！　何だこれは？　いいことだけど不可能だ、なんで生まれなきゃ駄目なのか、生まれたところから悩んじゃっていいもんか。

神様教えてくれよ、生きてる意味！
神様教えてくれよ、死んじゃう意味！
神様教えてくれよ、恋する意味！
神様教えてくれよ、嫌う意味！
神様、教えてくれよ……

神様は何にも教えてくれないな、自分で考えろってことか、何でも教えてくれたら、人間は神様の奴隷《どれい》になる？　だから神様は悪いヤツを懲らしめてくれないんだ、「お前ならどうすんだ？」と聞いているのか、悪いヤツを懲らしめてくれたら、人間は進化しないかも、神様からすると、今の時代は俺らが作った世界で、駄目なら治せばいいと言ってるのか。善人の独裁者なんていないしな、人間みんな悪いんじゃないのか、どうすりゃいいんだよ、部屋に帰り、明るい時間に寝て、夜働くんだぞ、本職でもないのに！

本当の仕事で、金もらい、
値札見ないで服買いたい！

バイトの現場で男が文句、
いきなり顔面殴ってみたい！
何も知らない支配人、
違うカツラを被せてみたい！
寄席もＴＶもラジオの客も——

みんながオイラを笑わぬ夢を見た。

実録小説　ゴルフの悪魔

1

ゴルフを始めたキッカケは「芹澤名人《せりざわめいじん》」という芸名で暫《しばら》く俺の運転手をしていた弟子で、そいつの弟が芹澤信雄《のぶお》というプロゴルファーだった。

俺が軍団と野球チームを作り、年間二百試合も神宮外苑の絵画館前の草野球場で走り回っているのを見て相当な野球好きだと知った芹澤名人が、好きな野球も歳を取ったらできなくなるし将来に備えて今からゴルフの練習をしておけばいいと勧めるので、彼奴《こいつ》の弟のコネでクラブセットやバッグ、靴などを安く手に入れ、当時は芝にあった打ちっ放しに通いだした。

野球とゴルフを毎日やることになったわけだが、まだ内心ではゴルフみたいな爺《じじい》の遊び、いつでも上手《うま》くなってやると思っていた。その俺がまさか、ゴルフにこんなに入れ込むことになろうとは夢にも思わなかった。

野球は九十度の角度以内なら百メートル飛ばせばたいがいホームランだが、ゴルフは、ドライバーなどはセンターオーバーのホームランじゃないと駄目で、アイアンなどの精度も距離や方向など同じ状態で打つことがない。色々な要素が入っている。パットなどは玉突きに似てるし、一メートル転がるのも二百メートル飛ぶのも同じ一打に数えるから腹が立つ。腹が立つほど、また入れ込む。

芹澤には言ってなかったが、実は若手の頃、松竹演芸場の芸人達の間でゴルフブームが起こり、俺もよく先輩の芸人さんのお供で河川敷の浮間《うきま》ゴルフ場に行ってた時期があった。当時はお笑いのトリオブームで、「ビックリしたなあもう!」で売れた三波伸介《みなみしんすけ》さんの「てんぷくトリオ」、東八郎《あずまはちろう》さんの「トリオ・スカイライン」、「ハードボイルドだど!」とオモチャの拳銃を振り回した内藤陳《ないとうちん》さんの「トリオ・ザ・パンチ」、須間一露《すまいちろ》の「ギャグ・メッセンジャーズ」、「赤上げて、白下げない」の江口明《えぐちあきら》の「ナンセンストリオ」など……、多数のトリオが活躍していた。

なかでも「トリオ・ザ・パンチ」の成美信《なるみしん》さんによく誘われて、俺は5番アイアンとパター、成美信さんは3番ウッドとパター、これだけしか持ってないのに、一日七百円くらいだったと思うが河川敷の浮間ゴルフ場でどうにもならないゴルフらしき遊びをやっていた。

ガキの時分から野球には自信があり、よく野球経験者が言う「止まってる球打つのなんか簡単だ！」と、俺も最初は思っていたが、河川敷の浮間ゴルフ場では打った球ほとんどが真っ直ぐ飛ばずスライスして川に飛び込んでしまい、2ホールも行かないうちに球がなくなり、二人で草むらの中のロストボールを拾ったり、練習場のボールを盗んだりして紳士のスポーツであるゴルファーを気取っていた。

今考えれば成美信さんは売れていたのにゴルフセットも持っていないし、河川敷よりもっとマシなゴルフ場の会員権も持っていなかった。金は全部ソープランドと酒につぎ込んだらしい。

この後トリオブームは下火になってしまい、解散があったり、再編成があったりで、成美信さんはギャグ・メッセンジャーズに入り、ナンセンストリオの江口さんはアパート「親亀荘」を建て、引退。前田隣《まえだりん》さんはピン芸人に、岸野猛《きしのたけし》さんは原田健二《はらだけんじ》さんと

「ナンセンス」を結成、三波伸介さんと東八郎さんはテレビで活躍していた。親亀荘というのはナンセンストリオのネタで旗上げのネタと同じくらいヒットした忍法早口言葉にちなんでいる。ネタの頭に「忍法！」と付けて、

「親亀の背中に子亀を乗せて子亀の背中に孫亀乗せて、孫亀の背中にひ孫亀乗せて、親亀転《こ》けたら、子亀、孫亀、ひ孫亀、みな転けた！」

これを早口で言うという、今では「赤上げて、白上げない！」と同様懐かしいネタだ。笑い話だが、地方の仕事で元ナンセンストリオの前田隣さんと、岸野、原田さんのナンセンスが同じ楽屋でかち合い、お互いのバッグに紅白の旗が入っているもんだから喧嘩になってしまい、結局、早口言葉は前田隣さんが演《や》り、旗上げはナンセンスが演るということで上手くまとまった……という噂話が浅草で広まったり、岸野猛さんのアレがでっかいと評判で、銭湯の洗い場で隣の奴が水を流したら「冷てえ！」と言ってアレを持ち上げたとか、湯船に入る時にドボン、ドボン、ドボンと三回お湯の音がしたとか、松竹演芸場があった頃は本当にいい時代だった。

おっと、話がだいぶ逸《そ》れた、ゴルフの話だった（センスのない奴は「話がスライスし

て」なんて言うんだろう）。

芹澤プロのコネで道具一式を手に入れた俺は、芹澤名人と芝の打ちっ放しに行くようになった。仕事の終わり時間が判らない時は、弟子が予約して先に打っててもらう。ある時いつもの弟子がいなくて新人の弟子でサミーモアモアJr.（漫才師のWモアモアの東《とう》城《じょう》けんの息子）というのに、「いいか！　一分に一球だけ打て、打たないとマネージャーが嫌な顔するし、あまり打たれると金が勿体《もったい》ない！」と言いきかせておいて（なにせ一球何十円と高いので）後から芝の練習場に行ったのだが、打席に行くと隣の客が指差す。

「何だあ？　たけしさんの所の人か。ずうっと座っていて急に立ち上がってパットするんで、気持ち悪くて。打ちっ放しでカップもないのにパターの練習してもしょうがないと思ってたんだよ！」

見ると、打席の二メートルくらい前にボールが何個も落ちていた。

「馬鹿野郎こんな所でパターなんかすんな、勿体ないじゃねえか！」

「一回長いやつ振ったんですけど、手が滑って飛んでいっちゃったんで」

「飛んでいった、何処《どこ》に？」

「あそこです！」と指差す方向を見ると、ボールに埋もれて俺のドライバーが落ちていた。「馬鹿野郎早く取って来い」と言うと、他の人が打つのを止めもせず、ボールが飛び交う中を硫黄島《いおうとう》に上陸したアメリカの海兵隊のように匍匐《ほふく》前進で近づいてどうにか取って来た。

「馬鹿、場内放送して練習を待ってもらえ！」と怒鳴ろうにも、必死になってクラブを取って来たのには怒るに怒れなかった。

暫く芝に通っていたが、あるとき支配人が来て、俺の前の列で打ってる人に気を付けて下さい、と言ってきた。聞くと、金持ちそうな人に話しかけて仲良くなってゴルフに誘うらしい。初めのハーフは安く握って、その親爺《おやじ》はいっぱい叩き、下手なところをわざと見せて次のハーフを大きく賭ける。前半あれだけ酷《ひど》かった調子なら後半も大儲けだと相手もレートを上げると、打って変わったように凄《すご》いショットをするらしい……というやり口でその親爺は芝で有名なのだそうだ。

気を付けて下さいと言われたが、これがまたよく話しかけて来る親爺で、わざと変なボール打っては「どうして、あんな球出ちゃうんですかねえ?」なんて聞いて来る。聞かれるとこっちも素人なのに「腰が廻ってないいんじゃないですか?」とか適当なこと言ってしまい、「そうですか、腰ですね」と親爺はいいショットをする。「お陰さまで直りました。今度私がメンバーのクラブへお礼に招待します！」と仲良くなって上手く騙《だま》す。これでこの人、食ってるらしい。これぞプロだ。

「休憩してお茶でも飲みませんか？」と誘われ、ちょうど喉も渇いたし疲れたしで付き合ったら、親爺、お茶どころかビール、ステーキ、デザートまで食いやがって、一言「ご馳走さま！」。さっさと違うカモを探しに練習場に戻って行った。しっかりしてる爺だ。

初心者のゴルフはまずスライスが酷く、そもそも当たらない場合も多い。だから初めはスライスを止めるために手首を返して左に引っ掛けるようになるが、これがまた難問でチーピンというマージャンの七筒みたいな球が出る。

毎回、芹澤（名人の方）が練習場でコーチしてくれるのだが、相変わらず打った球は左に引っかかる。

「おい！　クラブのせいじゃねえか？」

「知り合いが、特注のドライバー作ってるんで頼みましょうか？」

待ってましたとばかりに言うので、沼澤とかいう職人に頼むことになった。

その頃のドライバーはパーシモンといって柿の木だと思うが、今のチタン製の容量の大きいやつじゃなく、綺麗《きれい》に磨き上げた木工品のようだった。ウッド二本を作ってもらい、勘定を聞いたらなんと！　百二十万円だった。頼んだ俺が悪いので文句も言えず、コレでプロみたいな球が打てるのなら安いもんだとムリヤリ納得して芝の練習場に向かった。

予約させた打席で弟子の芹澤が見てる前でまず一発目、力を抜いて軽く振った。百万のドライバーが球を叩く。打球は、軽く振ったぶん飛ばず、方向はいつものように左へ。飛行機で遊覧飛行してるように旋回してネット下に転がっていった。

「おい芹澤！　これが百万のドライバーか？」

ムッとした俺を見て名人は「今度、プロの弟を連れてきます」と申し訳なさそうに謝ってきた。

部屋に帰り、考えた。

俺は工学部に籍を置いていたのだし、ゴルフクラブなど簡単に直してみせる。暫く考えた結果、ドライバーのフックフェースを大きく切り取って右向きの角度にすれば、左に飛ぶ癖と相殺されて真ん中に球が飛ぶ、と思いつき、知り合いの大工にドライバーのヘッドを切り落としてもらうことにした。俺は分度器を当て四十度か？　三十度、いやまず十度だと線を引く。大工もゴルフをやるらしく、「いいんですか？　こんないいドライバー切っちゃって！」

「工学だから大丈夫だよ」

早いとこ改造クラブを持って練習場に打ちに行きたい俺はせかす。やっとヘッドのフックフェースの部分を切り落とし、ヤスリを掛け、出来上がった改造クラブをバッグに入れて芝に向かった。着くと、俺の打席の右隣で頭を青々と剃り上げたヤクザのような奴が練習していた。普通は挨拶くらいするもんだが、夢中なのか汗だらけで必死に球を打っていた。早く改造クラブで打ってみたい俺はそいつに構わず、バッグからクラブを取り出し、球をティーに乗せ思いっきり叩いた。

球は左に引っかかることなく、正反対の右に飛び出し、右隣で打ってるヤクザ風の男の頭をかすめて右側のネットに突き刺さった！

驚いた男が頭を押さえてこっちに振り向くのと同時に、俺も反射的に後ろを振り向いた。

振り向いた目線の先で、一人の爺さんが真正面で構えたクラブを持ち上げてカツオの一本釣りのように大きく振り上げ、そのまま横を向くとダイナミックな動きで竿の先の針を海に戻す、つまり盛大に空振りしていた。

男は爺さんが犯人だと確信したらしく、アイアン片手に肩を揺すって爺さんに近付く。

「おいテメエ、俺の頭に球当てて何の詫《わ》びもねえのかよ！」

急に現われた男に驚いたのか爺さんは「何ですか？」と一本釣り姿勢のまま振り向いた。

「何ですか？　じゃねえ、俺の頭どうしてくれるんだ。球が当たったんだよ、お前が打った！」

「私はそんなことしてませんよ、それじゃ凄いシャンクじゃないですか、そんな球打ちませんよ」

「じゃあ、今打ってみろ、俺の前で。シャンクしたら犯人お前だぞ、コノ野郎！」

爺さんは恐怖と緊張でまともに球にクラブが当たらず、また空振りしてしまった。

「てめえ、シャンクどころか当たらねえじゃねえか。俺の分も払っとけよ、馬鹿野郎！」

俺はそそくさとドライバーにキャップを被《かぶ》せ、バッグにしまい込んだ。男が近付いて来たのでギクリとしたが、「タケちゃん、ああいう爺は駄目だな、しらばっくれて」と愛想良く言われるもんで弱った。お爺さんが可哀想だったが今さら俺が犯人とも言えず、笑って誤魔化した。

このフック病は今でも直らず、いつも大事な時に出てしまう。

ゴルフではずいぶん弟子達に迷惑掛けた。筆頭はそのまんま東《ひがし》だろう。車を運転させて芹澤プロの所属する東名御殿場カントリークラブに朝早く出かけたが、東の運転が慎重でスタートに間に合いそうにない。

「おい、このポルシェは二百キロ以上出るんだから、デレデレ運転すんな！」

「でも百キロ制限なんで」

「馬鹿野郎、もっとスピード出せ。スポーツカーだぞ」

「いま百五十キロ出てます、これ以上出して捕まったら、罰金と免停で仕事できないですよ！」

「そんなこと気にしてたら、いい芸人になれないぞ、もっと出せ！」

嫌がる東を脅かして百八十キロくらいまで出させたら、後ろから急にランプを点滅させサイレンを鳴らして覆面パトカーが現われた。

「前の車の運転手さん、車を左端に寄せて止まって下さい！」

「ほら殿《との》、捕まったじゃないですか」

「俺がちゃんと謝るから、黙ってろ！」

パトカーから警官が運転席の東に向かって歩いてきた。

「すいません、運転手さん、ここ百キロまでって知ってますよね？」

車内を覗《のぞ》きながら警官が、助手席にいた俺を見て「たけしさんの車ですか？」と聞いてきた。

「すいません、此奴《こいつ》スピード狂で、散々スピードを落とせって怒ったのに、言うこと聞かないんです！」

「しょうがないですね。じゃあ、あんただけ後ろのパトカーに乗って！」

東は鬼を見るような顔で俺を見ながらパトカーに連れていかれた。

「俺が運転して行くから、済んだら車拾って来い」と、弟子を置いてゴルフ場に行ってしまった。

東がゴルフ場に現われたのは三時間後で、クラブハウスでプロとお茶を飲んでいるところに死にそうな顔で現われた。

「どうした？」と聞くと「罰金八万円と免停半年です」

「良かったな、俺がいなかったら逮捕で免許取り上げだぞ！」

もう東は口をきかなかった。たぶん、弟子やめようと思ってたんだろう。

笑うのは秋山見学者《あきやまけんがくしや》という弟子で、此奴は兎《と》に角《かく》方向音痴というか、道を知らない。今みたいにナビゲーションというものがない時代で、渋谷から新宿に行くのに、秋山は環七とか山手通りを使わず、まず皇居に戻って日本橋を起点に第二京浜や２４６、中央道など新宿の方向に行く道路を探す。「お前は鳩か？」と怒ったことが何回もある。

千葉の山奥のゴルフ場に行くのに秋山が道に迷ってスタート時間にだいぶ遅れてしまい、後半だけ回って帰って来たことがあった。その次にまたよく知らないゴルフ場に行くことになり、「今度遅れたら、お前クビだ！」と言っておいたのが効いたらしく、前日の夜、下見に行ったらしい。しかし夜でなかなか見つからず、翌《あく》る朝、電話が掛かって来た。

「もしもし、秋山ですがちょっと時間が間に合わないので、タクシーかなんかで来てくれませんか？」

「なんで、俺がタクシーでゴルフ場に行かなきゃならねえんだ？」

「ちょっと今からじゃあ間に合わないんですが」

「お前、今どこにいるんだ？」

「ゴルフ場です」

「なんで俺置いて行くんだよ！」

「いや、昨日の夜、今日のためにゴルフ場を見に来たんですが、帰り道に迷って朝になってしまって」

弟子と俺はお互い様のように間抜けなことばかりしていた。

ゴルフを始めると野球同様、結果が気になるもので、松尾伴内《まつおばんない》に「おい、スポニチ買って来てくれ」と言ったら食器なんかを洗うスポンジを買って来たことがあった。この松尾伴内も、俺が勧めてゴルフを始めさせたが、道具を何も持っていない。上野の二木ゴルフに行けば安いと教えてやったところ、なんと、ゴルフクラブフルセット、ゴルフバッグ、ゴルフ靴、しめて八千円で買って来た。

ドン・キホーテでもこんな値段で買えるはずないだろう、と見せてもらうと、ドライバー「マルマン」

3番ウッド「ヨネックス」
5番ウッド「テーラーメイド」
3番アイアン「本間ゴルフ」
4番「キャロウェイ」
5番「タイトリスト」
6番「ミズノ」
7番「プロギア」
8番「ダンロップ」
9番「マグレガー」
アプローチ「マグレガー」
ピッチング「キャスコ」
サンド「寄せワン君」
よくこれだけ揃《そろ》ったなと感心する。
「おい！　ボールは買ったのか？」と聞くと、明治神宮外苑ゴルフ練習場って書いてある球をバッグからいっぱい出してきた。赤いラインがしっかり付いてて、一目で練習場のボールとバレるのに。

軍団とは、後に俺が警察の厄介《やっかい》になり、ゴルフばかりの日が続いた頃にも笑う話が山ほどある。

しかし一番話したいのはO橋K泉さんとのゴルフと、それに関する一連の「事件」だ。

2

ゴルフ好きのO橋K泉さんは俺がゴルフを始めたと聞くやすぐ電話してきた。

「おう、たけし、最近ゴルフ始めたんだって。教えてやろうか?」

O橋K泉さんのゴルフはあまり評判が良くないのだが、何でだか、理由までは知らなかったので、いっぺん教えてもらおうと思って日にちを決め、伊東カントリークラブに行くことになった。まだ少し風が冷たい春先、東名から厚木インターで小田原に出て、熱海を抜け伊東まで三時間くらい。ポルシェに乗ると東のことを思い出し笑ってしまう。

伊東カントリーに着くと既にO橋K泉さんがパターの練習をしていた。

「どうも、今日はスイマセン、下手なゴルファーが遊びに来ちゃって」

「おお、今日、飯も食って帰れ、美味《うま》い店紹介してやるから」

「じゃあ、靴履き替えて来ます」

「おい、俺早めに1番ホールに行ってるから、そっちに来い」

まだ時間があるのにと思ったが、早めにスタートしたいのかも知れない。兎に角せっかちな人だから。ロッカールームに着替えと靴を置いて1番ホールに行った。

前のパーティーはもうグリーンに乗っているので、待たしてしまった。

「じゃあ、たけし打て！」

「俺がオナーですか？」

「いや俺がオナーだよ、もう打った。お前が遅いから」

スイマセンと謝りながら、フェアウェイを見るとボールが五個くらい転がっている。

「何発打ったんですか？」

「いいから早く打て」

焦《あせ》らされて一打目は引っ掛けて左のラフ。

「初めてのコースじゃしょうがねえか」と言いながらO橋K泉さんは歩いて行く。迷惑を掛けないように走って左の土手を上り、コースに戻すため、ピッチングでボールを打とうとしたら、他にも二、三個ボールがあった。キャディーさんに「これ誰のボール」と聞くと、O橋K泉さんがさっき打ってたボールだと教えてくれた。なんだ何発も打ってんだと思ったが、どうせ遊びだしいいか。O橋K泉さんが選んだボールは一番飛んでるフェアウェイの真ん中のボールだった。挙げ句の果てに「おい、握ろう。一万ずつでハーフとラウンドだ」

良くわからないがせっかくゴルフに誘ってくれて、教えてくれるんだから授業料か。しかし自分だけ最初のボール何発も打って、俺は一発だけでそれも土手の上か？　何か腑に落ちない、打つ前に言ってくんないとな……一人ぶつぶつ言ってると、キャディーさんが「最初二発もOBしたのよ！」とこっそり教えてくれた。1番ホールでO橋K泉はパー、俺はダブルボギー、コレじゃ勝てるわけねえと諦めたが、2番でまたO橋K泉さんがやらかしてくれた。

「此処《ここ》は、左側が狭いんですぐOBになるから、右を狙った方がいいぞ」

言ってO橋K泉さんが構えたその時、コトッとキャディーさんがボールを籠《かご》に落とした。さっと構えを解いたO橋K泉さん、キャディーさんを睨《にら》み付け、「お前、マナーがなってないよ、帰りに支配人に言っとく！」

誰も気にしないほど小さな音だったのに、可哀想にキャディーさん、怒られて、打つまで石のお地蔵さんのように固まっている。俺も怒られたら大変だと思い、息を止めてぐっと我慢して、O橋K泉さんがドライバーを打つのをジッと見る。

暫く構えたままでなかなか打たない。もう苦しくて息吸おうと思った時、構え直した。ふーっとキャディーさんと二人息を吐《つ》いた。しかしまたすぐ構えたので、息を止める。また構え直す。まるで役者の美木良介《みきりょうすけ》の流行《はや》らせたロングブレス・ダイエットのように息を吸ったり吐いたりして、今日一日で五キロは痩せると思った。

やっと打ったボールは大きく右に飛び出して明らかにOBだ。

「OBですね。前進四打か三打目打ちますか？」

キャディーさんが聞くと「いや、跳ね返ってきたの見えた。木に当たったんだな、助かった！」と、誰が見てもOBなのに、俺が打つ前に自分の打った方向に歩き出した。遠くで振り返り、「あったあった」と手を振っている。フェアウェイの端だ。

俺は相変わらず左に引っ掛け、前進四打、O橋K泉さんはそこからパー、俺はまたダブルボギー。

「たけし、左は駄目だと言ったろう。俺みたいに右に打ってれば、最悪でもラフだ。今は木に当たってラッキーだった」

何言ってやんだこの親爺と思った時、

「K泉さん、OBのボール拾っときました」

「何言ってんだ、ちゃんと木に当たって出て来たじゃねえか！」

「じゃあ、このOBボールは？」

「ああ、それは昨日のだ。サンキュー、籠に入れといてくれ。昨日探したらなかったのに」

キャディーさんはボールを拭きながら俺に「昨日は来てなかったのに」

こんな調子で大きく負け、ほかにプレー代二万五千円、帰りがけに伊東の料理屋で夕ご飯を奢《おご》ってくれたが、俺は車だから飲めないし、酔ったK泉さんを家まで送って、東京に着いたのは十時過ぎだった。

この頃からO橋K泉のゴルフ被害者が増えてくる。

K泉さんはテレビのバラエティーの先駆者《せんくしゃ》で、釣り、マージャン、ボウリング、ゴルフ、とその当時あまりテレビでやらない番組を率先してやり、その道のプロを呼び出演させた。マージャンの小島武夫《こじまたけお》さんとか、ボウリングの矢島純一《やじまじゅんいち》さんとか、一番笑うのはゴルフで中村寅吉《なかむらとらきち》さんを呼んでテレビの収録をしたのだが、K泉さんは俺とゴルフをやった時みたいに、OBをしらんぷりで打ったり、バンカーから手で出したり（俺が見たK泉さんのバンカーショットはまずボールが飛び出し、その後手が見えて最後にアイアンが上がってくる）、という海老一染之助《えびいちそめのすけ》・染太郎《そめたろう》でも出来ないような離れ業《はなれわざ》を、側で見ていても平気でやってしまう。中村寅吉さんが文句を言ったら「テレビですから、いいでしょう！」

それを聞いて中村寅吉さんは怒って帰っちゃったらしい。

ボウリングもプロを呼んどいて第一投を投げたらガーターで、皆が笑ったら、「手首が痛いのでさっき医者呼んで診てもらったら腱鞘炎《けんしょうえん》で投げてはいけないと言われ、今日一回も投げてないのに、テレビの本番だからと無理したのがいけなかった」と今度はK泉さんが帰ってしまった。

他の客に聞いたら三時間前から張り切って投げていたらしい。

しかし皆が本当にO橋K泉さんを嫌いだったらこんな色々な笑い話は起こらなかったろう。

ブームが終わって漫才の仕事がなくなると、ビートきよしさんともあまり会わなくなったが、彼奴も俺よりゴルフに凝ってるらしい。

噂によると、若いキャディーが付くと林に打ち込んでしまい自分のボールを探しながら「キャディーさん夜空いてる？　今日は俺の球じゃなく、シャフトを握ってくんない？」と、とてもお笑い芸人と思えないギャグでキャディーを怒らしたらしい。

またある時は途中でトイレに行きたくなってキャディーさんに聞いたら三ホール後の13番までないと言われ、漏れそうになり林に走ってパンツを脱ぎ、ウンコが落ちる瞬間、隣のコースから打った球がスライスして、きよしの股の下に転がってきて完全にチョコボールになってしまい、探しに入って来たキャディーには「もっと向こう」と遠くを指差し、紙がないのでスコアカードを一生懸命ほぐして、ウンコを被ったボールの上に置いてきたらしい。一年後、タンポポの中にゴルフボールを乗せたやつがあったと島田洋《しまだよう》七《しち》が言っていた。

こういうものは芸人が作った話が多いが、有名なのが、関敬六《せきけいろく》さんがドライバーで思いっきり打ったら、ボールが前のティーマークに当たって跳ね返り関さんの顔に飛んできた。「危ない！」と言って関さんは身を屈め、後ろにいたメンバーも身体を反《そ》らしたが、ボールが行方不明。

「どっち行った、どっち行った？」

と探してる関さんの顔を見たら前歯の隙間に白いボールが挟まっていた。

関さんはそういうエピソードが結構ある人で、千葉のゴルフ場でショートコースで打った球が大きく右に逸れ、木に当たり跳ね返ってグリーンを横切り反対側のOB杭にぶつかってグリーンに乗り、転がってカップに入ってホールインワンという、パチンコ台でゴルフをしてるのかと思うほどの事件もあったらしい。

さてまたO橋K泉の登場だが、あの頃はバブルの真っ最中で皆景気が良く、K泉さんが音頭を取って伊東に知り合いだけでお金出し合ってマンションを建てようということになった。メンバーはまずO橋K泉、石坂浩二《いしざかこうじ》、竹下景子《たけしたけいこ》、不動産屋の高橋さん、ゴルファーの片山さん、あと温泉の権利を持ってて管理人をやってもらうK泉さんの友人。

全員知り合いなので、すぐ話はまとまり、伊東に温泉プール付きの豪華なマンションが建った。

「一つだけ、皆に約束してもらいたい。何かの事情で自分の部屋を売る時は、このメンバー全員の承諾がなければ、売ってはいけないということにしよう。知らない奴が、此処に入ってくんの嫌だろう！」

とK泉さんが取り決め、休みの日や夏はよく皆が集まったが、隣の温泉旅館からクレームが入った。マンションの上から旅館の露天風呂が丸見えで、客が来なくなった、目隠しの高い塀を作れと言われ、また皆でお金を出し合ってマンションより背の高い塀を作った。そうなったら各部屋から見える景色はただ黒い塀。これに見越しの松を付ければ、お富《とみ》さんじゃねえか、春日八郎《かすがはちろう》なんて知らねえか。

暫くすると何と、K泉さんが真っ先に誰にも相談せず自分の部屋を売っぱらった。自分がそういうことを禁止したくせに。

知らない人がプールで泳いでいるし、俺も出ようかなと思っていたら、管理人が株で破産したらしく、皆の部屋を開けて金目の物を持って逃げるという事件が起きてしまい、その後、柄《がら》の悪いどう見てもヤクザ風の男達がこれみよがしにプールで騒いだりして、皆を追い出して安く買い取ろうとしているようだったが、最後まで一人頑張って抵抗したのは石坂浩二さんだけだった。

そんな事件があったのにO橋K泉さんが今度はオーストラリアにコンドミニアムが出

来てそこを安く買えるから、皆で買おうと言ってきた。

伊東と同じメンバーが長屋みたいに二棟続きで、俺の隣が石坂さん、片山さんと竹下さん、K泉さんだけ一軒家でクルーザーが桟橋《さんばし》に繋《つな》がれている。どう見ても皆に売ったマージンを貰っていると思ったが、本当に人がいい人ばっかりだ。

石坂さんが「タケちゃん、あの船、K泉さんのクルーザー？」

「そうですよ、何でK泉さんだけ一軒家で船まで持ってんだろう？」

「ちょっと中見てみようか？」

二人でクルーザーに近づくと、桟橋に蟹《かに》捕りの仕掛けが紐《ひも》で吊してあった。

「あの親爺、蟹捕ろうとこんなコトしてる」

「此処のマッドクラブって美味いんだよ！」

じゃあこれ上げてみようと紐を俺が引き上げると、何か入っている重さだ。

「石坂さん、蟹かなんか入ってますよ！」

ネズミ捕りみたいな、ハリガネで編んだ籠の中に大きなドロのような蟹がいた。

「マッドクラブだ。これ盗んじゃおう」

「どうすんですか？」

「二時間くらいしたら来て、俺が料理するから」

石坂さんは料理好きだし、グルメなんで、夜はワインと蟹料理だ、ザマあ見ろO橋K泉！

ところが東京から電話が入り、今夜中にやらなくてはいけない仕事が出来てしまった。残念だが食事は出来なくなり、石坂さんに断りに行った。ドアを開けるといい匂いがしていて、ますます残念になる。石坂さんも、料理の腕を振るったのに一人で食べることになり「そうか、そりゃ残念だね、だけどK泉さん呼ぶわけにはいかないし、半分残しておくから明日食べなよ！」と言ってくれた。

これが大変なことになってしまう。

俺もたいがいだが、あのK泉は本当にバチが当たらないしぶとい親爺だと思う。

事件は、翌る日のゴルフ場から始まる。

1番ホールの前で記念写真を撮ったりしてる時、そっと石坂さんに近寄った。

「昨日の蟹どうだった？」

「タケちゃん、あの蟹、卵いっぱい持ってて凄く美味かった。朝も残り食べちゃった！」

残念なことしたなと思っていたら、

「おいへーちゃん、どうした？」

K泉さんの声で異変に気が付いた。

石坂さんが途切れ途切れに答えながら走り去っていく。

「昨日、食べた、貝に、当たった、みたい！」

あのスターの石坂さんが蟹に当たって1番ホールの横の池にしゃがみ込んでいた。

凄い下痢《げり》だったんだろう。

カートのバッグの後ろに掴《つか》まって、クラブハウスに向かっていく石坂さんの後ろ姿が悲しく見えた。

「ありゃあ貝じゃやない、蟹だろう！」

とK泉さんが呟《つぶや》いたのを俺は聞き逃さなかった。

結局石坂さんが合流したのは8番ホールだった。新しいパンツを買って穿《は》き替えて来た。

俺は、可哀想な石坂さんを見ていられず、可笑《おか》しくて可笑しくてOB連発で「おい、タケ真面目にやれ」とこづかれた。

合計八人、二組で始まったが、相変わらずK泉さんがニアピンとかドラコンとかベスグロとかやろうと言いだした。ドラコンとかニアピンは元プロの片山さんが取ると思っていたが、聞けばこの人、腰を痛めて試合に出られなくなったらしい。それでも俺とK泉グループが3番のショートホールに行ってグリーンを見たら、ピンの側三メートルくらいに旗が差してあり、前のチームの片山さんがこっちに向かって手を振った。

「片山の奴、ずいぶんいいとこ乗ってるな、ようしあの内側に付けてやる！」

K泉さんが草を毟《むし》って風調べたり、クラブを何回も替えたりしてやっと打った球は真っ直ぐピンに向かって飛んでいったが、片山さんのボールよりも二メートルは遠く見えた。

「ああ、片山さんに最初のニアピン取られましたね」と言うと「馬鹿野郎、ここから見てるから俺の球が遠いように見えるんだ。グリーンに乗ったらわかんないぞ、傾斜があるし、手前か奥かでだいぶ違うんだ！」

しかしどう見ても明らかに片山さんの方が近く見えるのだが。

グループ皆が打って乗ったのはK泉と不動産屋の高橋さんだけで、もしかすると高橋さんの方が近く見える。

「こりゃ、高橋さんかも知れないですね？」

「皆、見た目の錯覚に負けちゃうんだ。プロだってそうだ。グリーンに行って見なきゃあわかんないよ」

まだしぶとく、この親爺はニアピンを取ろうとしてる。

グリーンに行ってみると片山さんと高橋さんの勝負だった。

「どっちが近いですかねえ？」

「俺と、ふたりとか？」

まだ自分も参加している。

「じゃあ、俺が歩測しよう、まず片山の」

と言いながら京都先斗町《ぽんとちょう》の舞妓のように、ちょこちょこ歩き出した。

「一歩、二歩……十八歩だ」

次いで高橋さんのは、今度はマイケル・ジャクソンのムーンウォークみたいに、進んでるのか下がってるのかわからない歩き方で、

「一歩、二歩、三歩……十六歩、今んとこ一番近いな、じゃあ俺の」

もう側で見てるんだから遠いに決まってるのに、また歩き出した。一歩、二歩、まるでオリンピックの三段跳びやってんじゃねえかと思うような、歩くというより跳ねて、

「七歩だ。俺がニアピン！」

しょうがねえなこの人は。皆苦笑いしている。高橋さんもいい人なのか諦めてるのか、いつものことらしく楽しそうにゴルフをやっている。結局、この日一日でK泉さんはハーフのベスグロ以外全部持っていった。

その内容は、皆を置き去りにして先にグリーンのボールを拾ってピン側にマーカーを置いたり、球を拭く度にマーカーがピンに近づいていってOKにしたり、いいショットした俺のボールを踏んづけて芝の中に埋めたり、バンカーから球を蹴ったり、OBの白杭を抜いて後ろに差したり、ポケットに穴が開けてあって養鶏場の白色レグホンのようにボールを産んだり、最後にはクラブハウスの勘定は俺が払ったとかみさんに自慢してる。

此処には逸見《いつみ》政孝《まさたか》さんも来た。K泉さんがまたリベートを稼ごうとして、色々な物件を朝早くから見せたりして優遇していたのだけれども、一緒にゴルフをやったら、二度とオーストラリアに来なくなった。

しかし逸見さんが亡くなったのはこたえた。

よくよみうりカントリークラブに一緒に行った。もしかして生きていたら結局は逸見さんもオーストラリアに別荘を買わせられただろう。

逸見さんとのゴルフの可笑しかった思い出は残念ながらないが、意外に賭けごとなんかも面白がるひとで、テレビでのイメージを大切にしていることがたまに息苦しくなるのかな、今思うとそう感じてしまう。

K泉さんはといえば、やがてまたあの親爺は川の反対側にもっと凄い家を作って俺らを残して出て行った。

とはいえこの人には世話になっている。俺の暴力事件で半年仕事がなかった時もよく伊東に呼んでくれた。ゴルフでは毟られたが。

あの時期、ゴルフで金取られたのにかけては、軍団の方が酷かった。何せ半年間仕事がないので軍団連れて、ホームコースの浜野ゴルフクラブに行った。

ここが俺のホームコースになるまでがまた酷い。俺のゴルフを振り返ると酷い話しかないんじゃねえか？――と思えてならない。

3

浜野ゴルフクラブは、バブル時代に大金かけて出来たクラブで入るのが大変で、よその会員権を二つ以上持っていないと駄目、さらに面接がある。俺は当時売れてて、有名なんだけどなと思ったが、会員権（三千八百万円）も買っちゃったし、面接しないと会員になれないと言われたので、しょうがなく嫌々ながら青山のホンダのビルの向かいにあった本社に面接に行った。何か偉そうな親爺が出て来て、

「あ、お忙しいところご苦労様です、私、営業部長の川崎です、よろしく！　ではさっそく、面接の方お願いします」

「はいどうも、よろしく！」

面倒くさいが相手をする。

「え〜では、お名前は？」

ビートたけしに決まってんだろうと思ったが本名かと思い「北野武です」と答えた。

「え〜では、住所は此処でいいんですね？」

「会社の住所ですが」

「ああ、法人会員ですね、個人じゃないんだ」

こんな高い所、個人で買うわけないじゃねえかと思ったが「はい」と答えた。

「今持ってる会員権は……あ～よくいるんだこういう人、浜野に入るために安い会員権買ったんだ！」

コノやろう、確かにそうだが、会員権なんか一つでいいのにお前らが二つ以上持ってないといけないって言ったんじゃねえか。

ガダルカナル・タカがバブルの時に買った会員権が二百万で異常に安いと言われた時代だ。確かにタカの持ってたコースは酷かった。秋川渓谷の真ん中にあってゴルフに行くんだか、登山に行くんだか、途中で植村直己《うえむらなおみ》さんに会ったとタカが言ってたくらい凄いコースだった。クラブハウスが山の頂上にあって行くのに酸欠で倒れそうなとこで、1番ホールに立つと全ホールが見晴らせるもんで何処に打っていいか分からない。キャディーさんに聞いた方向に打ったらトップしてしまって球が転がったが、ずうっと転がり続けグリーンに乗っちゃったというくらい酷いコースだが、二つの会員権のうち一つはそこだ。まだ今もコースはあって、バブルがはじけてからは会員権一万円らしい。

話を面接に戻すと、この後がまた酷かった。

「まあ、いいでしょう、じゃあ交友関係にヤクザはいますか？」

いても、いますって言うわけねえだろう、何考えてんだろう。

「いません」

「はい。じゃあ入《い》れ墨《ずみ》はいれてますか？」

おい、これまともな面接か？　コントみたいだが真面目な顔して「いれてません」。

「はい、ＯＫです。これで面接を終わります」

こんな時間、勿体ない、早く練習場でも行こうと立ち上がると、

「あ、ビートさんちょっとお願いがあるんですが」

とテーブルの下から色紙の束が出てきた。

一枚サインする度に、

「山田様、でお願いします！　それは伊集院様でお願いします。これは焼き鳥よっちゃん、クラブ加奈子、長崎ちゃんぽんの店バッテンさん、で次が……」

なんだ此奴《こいつ》今日俺が来ること知り合いに言ってサイン頼まれて来やがった、何が面接だ！　結局一時間くらいサインさせられた。

そんな思いをして入った浜野ゴルフクラブに軍団を連れて行ったのだが、初めての奴とか松尾伴内みたいに二木ゴルフで一番安いクラブ揃えて買ってきた奴とかばかりで心配だったので、

「売店では俺のロッカーのナンバー言って球や手袋買っていいぞ。後で俺が精算するから」

　と言ってゴルフを始めたが、馬鹿ばっかりなので出入り禁止になるのではないかと、ゴルフどころじゃなく気が気でない。

キャディーさんが「球拭きましょうか？」と言うとズボンを脱ごうとしたり、「いくらでやらせんの？」と真面目に聞いたり、「ゴルフってのはなるたけ少ない数で穴に入れた方の勝ちだから、早漏《そうろう》とは違うんだよね、キャディーさん？」と困らせたり。

　さんざん下らないことをして遊んでいたが、皆が事件で仕事がなくなった俺を気にして明るく振る舞ってんだ。そう思うと嬉しくて泣きそうになったが、そんな思いも数時間後、フロントで今日の勘定をするとき怒りに変わる。

　一人四万使ったとしても三十万くらいなのに伝票には「１２０万」と書いてあった。内訳を見てみるとぜんぶ俺のツケで、クラブのフルセットをバッグ付きで買った奴、パ

ター、靴、お土産の蜂蜜、千葉の落花生せんべい、ウイスキーダブル、ゴルフ回数券……よく百二十万で済んだと、むしろホッとするくらいだった。

その頃ゴルフはK泉さんだけではなく、ラグビーの松尾雄治《まつおゆうじ》や、桂小金治《かつらこきんじ》師匠、色々な人と廻った。でも、やっぱりK泉さんと軍団とのゴルフが一番多かったし、面白かった。なんであんなに面白いんだろう、何でもそうだが、思い通りにいかないから、まぐれがあるからだ。素人がまぐれでプロのピッチャーからホームランは打てないが、ゴルフは初心者でもホールインワンがある。そう考えるといくらスコアが酷くても気にならないし、面白い。そんな考えだから下手なのか。

K泉さんとはハワイ、ニュージーランド、グアム、カナダ、ずいぶん外国へ行った。ニュージーランドのクライストチャーチにK泉さんの店があり、ゴルフの帰りに店に寄ってくれと言うので行ったら店の入り口に「本日ビートたけし来る！」と書いてあった。

店は日本人の観光コースになってるらしく、入り口に団体が待っていた。すかさずK泉さん「はい、写真とかサインは店で百ドル以上買ってからです！」と商売を始める。

ひとしきり働かされてから、「おい、たけし、儲かったから、ヘリコプターで氷河行ってウイスキー飲もう！」

怒るわけにもいかず、氷河に行って酒飲んで帰って来たが、本当によく遊びを知ってる人だ。

翌る日、ホテルにニュージーランド人が迎えに来てるとボーイが言うので出て行くと、昨日のゴルフ場のキャディーだった。今日も俺らがゴルフだと思って、迎えに来たという。

Ｋ泉さんには怒られたが、俺が昨日チップを百ドルあげたものだから喜んで今日も誘いに来たらしい。急いでＫ泉さんに電話して、どうしようかと聞くと、用があるけど後にしてすぐゴルフ場に行くと言い出し、ゴルフ好きに火を点《つ》けてしまって結局またゴルフの一日になった。

キャディーは嬉しそうに一生懸命、片言の日本語で俺にアドバイスをしてくれたが、Ｋ泉さんには何を聞かれても早口の英語で相手にしないほどわかりやすい奴だったので、Ｋ泉さんに「おいたけし、俺からだって、此奴に百ドルやれよ！」と、百ドル払わされた。しかしキャディーは俺がまたチップをくれたと思って余計俺に親切になり、Ｋ泉さんには口も利かなくなった。

K泉さんは、兎に角アメリカが好きで英語は上手いのだが、キャディーはニュージーランド人なのでキングズイングリッシュ、わざとか?と思うほどイギリス訛《なま》りが凄い。米語でやたら話しかけたり、ショートホールでパット打った瞬間「ゲットインザホール!」なんて大声で怒鳴るK泉さんを指して、キャディーが俺に「チャイニーズ?」と聞くので大笑いした。

ハワイの別荘にも、よく正月に軍団と呼ばれた。マウイ島にまたいい別荘を持っててゴルフに来いと言うので、「ハワイでは外国人の友達とゴルフばっかりでしょう?」とわざと聞いてみた。実は噂で、K泉さんはハワイに外国人の友達が出来て皆でゴルフをやっていたのだが、いつものインチキ癖が出てしまい、紳士のスポーツを自負する外国人ゴルファー達に相手にされなくなってしまったと聞いていたのだ。一緒に回る相手がいないもんだから、制作会社の社員がいきなり呼ばれて一回ゴルフやって日帰りするという凄いスケジュールを何回か繰り返しているうちに麻薬の運び屋とマークされ、ある日、ハワイの空港警察に連行されて拷問のような取り調べを受けた。たまらずすぐにK泉さんに連絡を取ったら本人が警察に現われて、英語で怒鳴りまくると此奴が中国の元締めだと思われ、今度は二人とも調べられたとの噂だった。

　そんなこんなで軍団と俺と、十人くらいでハワイに行った。軍団は喜んでもう飛行機の中から騒ぎだし、酔ってキャビンアテンダントに化粧品を借りて勝手にメイクしたり、他の席の女の子を口説いたり、着陸してからも酔ったまんま、それもおかしなメイクして空港のイミグレーションで職業を聞かれ「木こり、ウクレレ漫談、もんじゃ焼き屋、板前、ちゃんこ鍋屋」などと片言の英語で説明していたら、全員、取調室へ連れて行かれ、俺はリーダーということで軍団と離されて違う部屋で調べられた結果、俺が日本のギャング連れてアメリカに麻薬を売るルートを開拓しに来たんじゃないかということになり、暫く勾留されるかもと言われてしまった。そこにK泉さんが迎えに来てくれたのだが、また中国人の麻薬の元締めと間違えられ、皆が空港を出られたのは夜中だった。その話がいつの間にか、K泉さんが空港に乗り込んでたけしと軍団を得意な英語で助けた、ということになっていた。来なければもっと早く出られたのに。

　マウイの夜は、K泉さんがホテルにハワイのスター、ドン・ホーさんを招いて歌とフラダンス、ファイアーダンスを見せてもらったが、酔った軍団が一緒に踊り出し、いつの間にか全員裸になっていて、井手らっきょなどはファイアーダンスをやりだし大火傷、尻がズボンに擦れて穿けなくてゴルフは中止、他の奴らも女とか二日酔い、俺も疲れてしまって寝過ごした。一番笑ったのは東で、隣の部屋に女の子が一人泊まっているのを知って、全裸になってドアの前に立ったら欲求不満の女が開けるんじゃないかとベルを押したが何の反応もなく、自分の部屋に戻ったが、鍵を持たず出て来たので自分を閉め出してしまい、フロントに見つからないように軍団の部屋を一つ一つ訪ね廻ったらしい。結局ボーイに見つかり、鍵を開けてもらった。

というわけで翌る日のゴルフは誰も行かず、クラブハウスでポツンとひとり座っているK泉さんを見た人がいる。たまたまラグビーの松尾が彼女と来ていたのだ。

そういえば松尾もゴルフが上手い。

昔、東我孫子カントリーに行った時、松尾がホールインワンをした。ホールインワンを出すと、今まで一緒にゴルフをやった皆に記念品を配らなきゃいけないという、誰が決めたかわからない風習があり、ホールインワン保険というものまであってラウンド前に入る奴もいるのだが、俺はまさかホールインワンするわけないと思ってるからそんなものに入らないし、松尾も同じだ。まさかと思ったが俺の目の前で150ヤード、ホールにコツンと入ってしまった。焦った松尾は「先輩、内緒にしといて下さい、金かかってしょうがないですから。キャディーさん、これやるから内緒だよ」と一万円渡していた。ラグビー全日本のＳＯがみっともなかったが、それくらいの気転が利かないと大物にはなれないか。

松尾というと思い出すのは、全日本ラグビー選手権Ｖ６を成し遂げた新日鐵釜石の選手達を駅前で迎えた釜石市長の挨拶だ。ラグビーをよく知らないのか、「え〜皆さん、ただいま、ラグビー選手権であのコウビセイコウ（神戸製鋼）を破りブイセックス（Ｖ６）を成し遂げた釜石ナインの皆さんです（ラグビーは十五人だ）。拍手でお迎え下さい」

松尾はこういう話が得意で、よく笑い話を教えてくれた。

ある時、トライアスロンのスターターとして長嶋茂雄《ながしましげお》さんと松尾が宮古島の大会に呼ばれた。大雨の中、長嶋さんが登場、普通は拳銃を握って上げた右腕で耳を塞《ふさ》ぐのだが、左手に傘も持ってる長嶋さん、傘を差した左腕で左耳を塞ぎ、右手の拳銃はそのまま耳の傍で発射、ドンという轟音《ごうおん》と共に倒れ込み、「雄ちゃん、やられた〜！」。次の大会も雨で、関係者が前回のことを思い「長嶋さん、銃を持ってる右腕で右耳を塞いで下さいね」と言ったので今度はちゃんと銃を撃ったが雨でしけってしまい、プシュッとしか音が出ない。すると長嶋さん、大きな声で「ドン、ドーン！　皆さんドンです、ドンドーンです」。選手はどうしていいかわからず、やり直しスタート。長嶋さんは後ろから傘を差してもらい、今度はちゃんと濡れないように、銃口を手で塞いで雨が入らないようにして「用意！」、そのまま撃っちゃった。また「雄ちゃん、手をやられた〜」。

　こんな話をいっぱい知っているので、今度は長嶋さんで一冊書こうかと思うが、今は主役はK泉さんだった、そうだった。

　この親爺とカナダに行ったのは、いい思い出だ。オーロラが見えたり、夏は兎に角、昼が長くて朝四時頃から夜十時頃まで明るい。だから、会社から帰って来たサラリーマンが夕ご飯を食べてからゴルフに行ける、地球は凄い。逆に冬は地獄だろう、でもカナダの人は大丈夫なのか。K泉さんはカナダでもお土産屋をやっていて、俺は必ず店に顔を出し客寄せになった。今流行りのパチンコ屋の営業みたいだ。それが終わると、いざゴルフだ。

　さすがカナダらしく、コースは広大だった。最初に行ったのは、ホテルから二十分も行けば着く、あまり有名じゃないコースだったが、K泉さんが言うには「おい、此処の17番のショートコース、俺の店がスポンサーになってホールインワンすると五百ドル分の買い物券を出してんだ。17番のティーマークは俺の似顔絵が描いてあってK泉ホールと呼ばれてるんだよ！」となんか嬉しそうだ。

16番をホールアウトして17番に行ってみると、かろうじて「17」とはわかるがティーマークはアイアンでボコボコに叩かれていて、K泉さんの顔も「500$」もほとんど叩き壊されて見えなくなっていた。

「誰だ、こんなことをしたのは？　もしかしたらフランクかな？　俺がこないだアンダーで廻ったからかな。いやミッキーだ、千ドル負けたから。いやぁ、ジャネットかも、デート断ったのがそんなに悲しかったのか？」

何を言ってんだこの親爺は。日本人がこの看板を見て腹立たしいんだよ、と言いたかったが「酷いことしますね、外人はO橋K泉のこと知らないから！」と慰めた、その言葉が拙《まず》かった。

「馬鹿野郎、俺はカナダでは有名だぞ。俺を知らないのは、アフリカとかニューギニアの人くらいだ。この間なんか俺にサインくれって来た奴に、どっから来たんだと聞いたら、プノンペンって言ってた！」

志《し》ん生《しょう》さんの「寝床」の下げじゃあるまいし（ドイツじゃなくてプノンペン）、その場は笑えないので困ったが、思い出す度K泉さんにサインくれとプノンペンから来た奴の話が可笑しくてしょうがない。

今でも俺は相変わらずゴルフ下手だが、リョーマゴルフというクラブメーカーのCMをやらせてもらっている責任上、上手くならなきゃいけないと思い、練習場によく行くが、皆が俺のスイングをジッと見るので、下手な球を打てない。緊張してしまうから、個室を取って練習するとまた、お金が高くて困る。

最近は所ジョージとゴルフをやっている。所は本当に遊び人で、ゴルフが上手くなるより、ゴルフでいかに遊ぶかという方が大事で色々なクラブを作っている。全部長さが同じアイアンとか、ダフらないようにシャフトの前にヘッドが付いているサンドウェッジ（使ってみたが何も変わらなかった）、俺が頼んだ、カップを見たままボールを見ないで打つパター（パターの裏にステンレスの板が付いていて、滑るからダフらない）。

今研究しているのは……置くとチョロQのように動いていつの間にかカップに近づくマーカー（向きを間違えて置くと逆にカップから遠ざかってしまうし、試作品はカップに落ちた！）、リモコンボール（飛ばしたら電波が届かない）、歩測用ゴルフ靴（自分のボールを計る時はつま先が前に伸びる造りでサーカスのピエロと間違えられた）等々。

一緒にゴルフをやったので思い出深いのは、明治大学の先輩で、労働大臣だった山口《やまぐち》敏夫《としお》さんか。本当に小柄な人なので、1番ホールで待っていたらボールを押して転がして来た。前の組が打ってる間、椅子に座って待っている。何処から椅子を持って来たんだろう？とよく見たらティー差してその上に座ってた。その後、1番ホールのカップに落ちて消防士に助けられたり、オーバーの背中に「1」と刺繡《ししゅう》があると思ったらドライバーのキャップだったり、しまいには昼寝してたら猫が咥《くわ》えて持ってった。逆に大きな人のゴルフのネタでは、和田《わだ》アキ子《こ》がカップに入ったボールを取ろうとして手が抜けなくなって、そのままグリーン持ち上げた、とか、ジャイアント馬場《ばば》さんなんかはあんまりデカいドライバーを振ったので、その風でキャディーさんからメンバー全員吹っ飛んだ、とか。馬場さんはいつも葉巻を吸ってるが、ラウンド中に持ち合わせがなかったので若い衆に「おい、葉巻ないか？」

「ショートホープしかないんですが」

「じゃあ、それでいい。なんだ本当にショートだな！」

若い衆が火を点けると、一口吸って、

「アチ！」

一回吸っただけで一本燃やした、とか。

なんせ馬場さんはジャイアンツのピッチャーで大きすぎてクビになった人だ。マウンドからキャッチャー跨《また》いだり、二塁のランナーもマウンドから手を伸ばせばアウト、東京ドームだったら突き破った頭が乳首のように出てた、とか。

って漫才ネタはこの辺で止めるけど、この小説が全部漫才か？　ゴルフどこ行った？

4

ゴルフの話もだいぶ漫才みたいになってきたがまだ続く。

昔、ビートきよしがパターの時にシャフトを睨んで「どうぞ、神様入れて下さい」と拝みはじめた。他の人もシャフト睨んでから打って入るのになんで自分だけおまじない効かないんだと思って青木《あおき》功《いさお》さんに聞いたら、グリーンの傾斜を見てるんだよと教えてくれた。

きよしさんがスポンサーの親爺に連れて行かれて初めてゴルフをやった時、一打千円で握ろうと言われ、一打でも多く打てばお金を貰えるもんだと思って、いつまで経ってもパターでカップの周りをうろうろしてたら、「きよしさん、いくらくれるつもりなの？」。博打好きなのに意味がわかってなかった。ほかにも1番ホールで二回も空振りして「ここ、難しいコースだ！」と言ったとか。

俺は昔、アーノルド・パーマー、リー・トレビノ、チチ・ロドリゲスなどが日本に来た時にさんまと組んで、リー・トレビノがクラブ一本とパターだけ、俺達二人はベストボールを打つルールなら勝てるかというテレビ収録をやった。こちらが相手のクラブを選べと言うので、サンドウェッジが一番飛ばないと思い、サンドウェッジを選んだが、アーノルド・パーマーとチチがしきりに「お前たち、ドライバーにしておけ」と言ってくる。それじゃあ、一発でグリーン近くに打たれて、残り１００ヤードくらいですぐパー取られると思って、彼奴らの言うことを聞かなかったら、トレビノが嬉しそうにサンドウェッジならパーは取れると言い出した。

ホールマッチが始まり、さんまが２３０ヤードくらい打って、我々は一安心。さあ、トレビノはサンドウェッジで飛んでも１００ヤードくらいだろうと思ってたら、「ゴルフってのはこうやるんだ、見ておけ！」と言わんばかりのトレビノがサンドウェッジを持ってアドレスに入った。そして軽く振った。ボールはサンドウェッジで打ったとは思えない低い弾道で２００ヤードくらい飛んでいった。なんとトレビノはエッジでトップさせて球を飛ばしたのだ。我々残りは１５０、トレビノは残り１８０をサンドウェッジで二回でＯＫパー、俺達はそのショックでボギー。プロの凄さを見せつけられた。後で聞いたら、ドライバーを持たしたら残り１００ヤードでもなかなか難しくなる、だがサンドウェッジを持たせると一打目が大変なだけで後はどうにでもなるのだそうだ。

また何年かして、トム・ワトソンとペブル・ビーチでゴルフをした。ゴルフ好きなら全米オープンでよく聞くペブル・ビーチでゴルフ、それもトム・ワトソンと！　芸人で売れて良かった。いつも芸人なんてならなきゃ良かったと思っていた自分だが、本当にこの時は久し振りにいいことがあった。前日、ゴルフ好きなスポンサーの会長と朝日放送のスタッフ、マネージャー達と練習がてらラウンドした。前の組が会長と朝日放送で後ろが俺とマネージャー達。前の組の会長が見事なドライバーを打って上機嫌で、ドライバーキャップを落として行った。

「会長！　キャップ、キャップ、被せる奴、落としました！」

俺が怒鳴ってるのに周りの奴は何にも言わない。するとスポンサーの会社の人が「たけしさん、キャップとか被せる奴なんて言わないで、会長自身が被ってますから！」言われて初めて気が付いた。またやっちまった。実はこの前にもＴＢＳの楽屋で番組スタッフと打ち合わせしている後ろを、（名前は言えないが）あるタレントが通り過ぎた。それを見て俺が「おい、見てみろ、彼奴《こいつ》被ってるぞ！」と笑いながら指差すと、ディレクターが拙いという顔でこっちを睨んでいる。なんで？と思って隣のプロデューサーを見ると、むっ！とした顔で俺を睨んでいた。

そうです！　このプロデューサーも同じだったのです。

そんなことより、翌る日のゴルフは感動ものだった。有名なロングコースでトム・ワトソンは二打目をピンの横わずか二十センチに付けて楽々イーグル、おれは九も打った。海に飛び出したショートコースでは海風に乗せてまたも楽々ワンオン。しかし、ここは俺もタカが会員権持ってる秋川渓谷のコース、球が勝手に転がり落ちてグリーンまで行くという名物コースで鍛えた腕を発揮してサンドウェッジで下に落としグリーン手前のバンカーまで転がり落とした。それを見てトム・ワトソンがセンスがいいと褒めてくれた。

「二打目を寄せればパーだ。皆乗せようとして、海に打ち込んだり、風に持って行かれてOBになったりする、たけしが一番いい考えだ！」

俺は嬉しくてうきうき山を下りて行ったが、そこから皆をガックリさせることになろうとは。なんとバンカーからトップして海に打ち込み、海側からアプローチでまたバンカー、今度は砂の取り過ぎで二回出なくて、それから今度はまた海へ！

さすがのトム・ワトソンもこっちを見なくなった。結局二十ぐらい叩いて、その後の対談のつまらないこと、つまらないこと。なにを言ってもゴルフの話が盛り上がらなくて、スポンサーや朝日放送に迷惑を掛けた。

今もトム・ワトソンは日本人に会ったら、必ず言うだろうな俺のこと。

「日本から来たコメディアンとゴルフしたら酷く下手な奴で、よくペブル・ビーチが許したな！」

なんて。今考えても顔が赤くなってしまう。

野球も夢中になってやったが、ゴルフは野球を諦めてからものめり込んだ最後のスポーツだ。前にも言ったように、ゴルフは玉突きやボウリングなどの素養も必要だ。俺はどっちも持ってない。

道具の使い分けが難しいのもゴルフだ。こんな笑い話まである。

「おい、俺の知ってる動物園のゴリラがドライバー400ヤード打ったらしい」

「じゃあ、プロゴルファーにしたらどうだ？」

「飼育係はそうしたいらしいがパットも400ヤード打っちゃうんだって！」


しかしいくらゴルフ好きでも、事故には勝てなかった。

文字通り顔面が潰れた。顔のほっぺたをチタン合金の棒で膨らませ、骨がしっかりしたら抜き取る、と医者に聞いたのは、その棒を抜き取る麻酔を打たれる間際だった。痛くはなかったが、鼻の下をスライドして抜かれて行く棒の動きを感じた時、おでんの気持ちが良くわかった。また、右の脳を損傷しているので左半身が麻痺すると聞いて、チンポを唸《うな》りながら右に寄せた！……というのがこの頃によく使ったネタだ。

手術の後、リハビリでオーストラリアに行って、ゴルフでもやって寝ていれば治るだろうと思いついた。日本では冬だがオーストラリアは夏なのであったかいし。友人が一緒に行ってくれて有り難かったが、動物は凄いなと思うのは身体自体が自分を治そうとして、戦ってることだ。

ゴルフどころではなく初日に一ホール終わっただけでフラフラになり、すぐコンドミニアムに戻って晩飯まで寝込んでしまい、翌る日からは朝ご飯も部屋に届けてもらい、夜まで寝て、晩飯を食って、また寝るというルーティーンをオーストラリアで繰り返しただけだった。二十四時間中、二十時間寝ていた計算になる。

またどうにか仕事が出来るようになっても、身体、頭、人気、みんななくなってしまった。

それでもゴルフに行きたいとは思うが、朝が早いことに負け、一日潰すのが嫌だという気持ちと戦うようになったのが変化だった。

ゴルフというのは急に上手くなったり、下手になったり、わからない。それでハンディが変なことになったりする。

叙々苑カップでハンディキャップ18もらって、ハーフ38で廻って来たら、16アンダーって看板が出て皆に文句言われたが、俺も欲が出て自分のベストスコアー77を破ろうと力が入り後半50も叩いたが優勝しちゃった。その翌年ハンディが12になってもまた優勝だと色気を出したら、１００以上叩いて終わり、またハンディキャップ18に逆戻り、優勝してから何年か経ったしもっと上手くなってると思ってまた叙々苑カップに出たらもっと下手になっていた。

やる方はともかく観る方は、タイガー・ウッズに感動したり、松山《まつやま》や石川遼《いしかわりょう》君、人がいい池田《いけだ》選手の活躍を期待したり、外国に出て行った小平《こだいら》とか谷原《たにはら》選手も……名前挙げるとこの小説が名前で埋まってしまう。電話帳をずっと見て「この本面白いね。ストーリーは単純だけど登場人物が多いんで！」と言った奴もいるというからずらずら名前書いてっても読む人いるかもしんないが、まあ怒られるだろう。

O橋K泉さん、リー・トレビノ、トム・ワトソンと凄い人達とゴルフしてきたが、長嶋さんにゴルフに誘われた時は感動した。

昔、事件で半年仕事がなかった時、俺が長嶋さんの熱狂的ファンだということを知っていて、富田《とみた》（法政三羽烏の一人、富田勝《まさる》。あと二人は田《た》淵《ぶち》幸一《こういち》、山本浩二《やまもとこうじ》）さんに、浜野ゴルフクラブでタケちゃんを接待してやろうと、長嶋さんから電話があったと、興奮した富田さんから知らせがあった。同じジャイアンツの選手だった富田さんでも、ミスターは別格らしい。日と時間を決めて、当日ちょっと早めにクラブに着いた。ロッカールームで着替えてクラブハウスの階段を上って行くと、なんと長嶋さんが上から降りてきた。俺は金縛りに遭ったように直立して「おはようございます、たけしです！」深々とお辞儀をした。

「おー、タケちゃん、今日はゴルフですか。誰とですか？」

俺は余計に固まった。

「それじゃちょっと打ってくるか」と長嶋さんは練習場に行ってしまった。

今日誘ったのは長嶋さんじゃないのかと、ぽつんとお茶飲んでると、富田さんと巨人の外野手の中井《なかい》さんがやって来た。

「タケちゃん、もう来てたの？」

「うん、ミスターに会ったよ」

「え、ミスターもう来てんの？」

二人は慌てて、俺の話を最後まで聞かず着替えてきた。

中井さんが「いつもミスターは早めに来るから、せっかちな人だから」と言い、富田さんが辺り見回して「で、ミスター何処行ったの？」

「なんか、練習場に行ったみたい」

「今日は気合いが入ってんだ！」

と二人が騒ぐんで、

「今日、俺らとゴルフじゃないみたいだよ。さっき挨拶したら『タケちゃん今日誰とゴルフですか?』って練習場の方に行っちゃった」と教えると皆一気にしぼんでしまった。三人でお茶飲みながら、せっかくだしこのメンバーで廻ろう、ということになったが、富田さんが「ミスターはよくこういうことあるんだよ、同じ日にゴルフ誘って忘れちゃったこと。今日は誰とだろう」とこぼした。

俺は悲しくなった。昨日の夜なんか嬉しくて眠れなかったのに。

そこに練習終わった長嶋さんが帰ってきた。三人が同時に立ち上がると、

「ごめん、ごめん、今日、タケちゃん誘ったの俺だよな、富田?」

緊張してる富田さんが「ミスター、お願いしますよ。俺がタケちゃん、欺《だま》したみたいじゃないですか!」

「いや、富! 朝早かったのでいきなりタケちゃんに会ってつい忘れちゃったんだよ」

何だかミスターらしいがこの日はこれだけではなく長嶋さんの凄さをいっぱい見せ付けられた。

「ちょっと、報知新聞に連絡入れとく」

昼食中にそう言って席を立って三十分も経ったのに戻らない。長い電話だと思ったが、午後のスタート時間も迫っているしどうしたんだろうと窓際を見ると、そこでスパゲッティを食べてる長嶋さんと目が合った。途端に立ち上がり、「ごめん、ごめん、席そこだったよね！」と戻って来た。

四人で1番ホールに行く前には、ミスターがトイレに行くと言い出したので、付いて行った。やっぱり長嶋さんの人気は凄く、隣に並ばれた男がチラッと長嶋さんの顔を見て、「あ！　長嶋さんだ」と小便をしたまんま長嶋さんの方を向いてしまい長嶋さんのズボンに掛けちゃった！　相手に文句も言わず、謝ってる男を置いて、手洗いの蛇口を開いて水出して、タオルを取りに行き、違う蛇口の水出して、手を拭いて前の蛇口の水止めて、タオル戻して、後の蛇口の栓を閉めた。これを流れるようにやったのを見て、やっぱり天才だと思った。

1番に行くと、富田さんと中井さんが心配そうに待っていた。

「もう、前のパーティー出たの？」

平気な顔でミスターが聞く。

二人とも気を使って「今出たばっかりです」と答えるのに、

「あ、そう！」

これで終わりだ。今出たばかりなら、二打目を打ってる所じゃなきゃおかしいし、それどころかグリーンにも人がいない。そんなこと気にせず「あ、そう！」で終わりだ。

やっとスタートということで富田さんが打って、次に中井さんがドライバーを打った。さすが元野球選手、もの凄く飛ばす。いよいよ俺の番だ。上がってしまって、クラブヘッドをクルクル回したり、アドレスで足をばたばたさせたり、案の定ボールはOBぎりぎりだった。ラストは長嶋さんだが、

「タケちゃんは動き過ぎるな、だから、段々方向が曲がっていくんだ」

言いながら、自分は俺よりもっと動いていた。

この人はやっぱりゴルフも凄かった。

五十センチのパットを外すが、二十メートルのパットは入れる。フェアウェイの真ん中からOBラフへ、OBラフからバーディーチャンスにつける。上がってみると結局はいいスコアーだった。

長嶋さんが、すぐに出てフグでも食おう、と誘ってくれたので風呂にも入らず、さっさと駐車場に向かった。

そこには支配人が挨拶に来ていた。その隣に山芋を抱えたお百姓《ひやくしよう》が長嶋さんを待っている。

長嶋さんがだいぶ遅れて現われた。

俺達を見て、

「あれ、風呂入ってないの？」

自分が風呂なんか入らないで早くフグ食べに行こうと言ったのに。でも今日一日で慣れた。

支配人が、

「長嶋さん、このオジサンが昨日から山に入って採って来た山芋です、こんな長いの折らずに採るの大変らしいですよ、なあ！」

と隣で緊張気味の親爺を紹介した。

「長嶋さんが来ると聞いたんで、昨日から一日かけて、長いまんま掘り出してきました。持って帰って下さい！」

すると長嶋さん「有り難う、大きいね」と言った後、ベンツのトランクに山芋ボキボキ折って放り込んで、「有り難う」って走り去った。支配人もお百姓も目が点になっていた。

俺達もポカンとしていたら、ベンツが戻ってきた。

「ごめん！　四人で行くんだった」

中井さんと、富田さんが乗って俺の車を運転し、俺は嬉しいことに長嶋さんの車に乗せてもらった。向島の料亭を取ってあるらしい。

一時間ほどして、運転手さんが「えーと、どの信号でしたか？」と迷ってしまった。

焦った長嶋さん、

「あー、今の信号だよ。あそこを左折しなきゃ、Uターンして、今の信号だから」

車がUターンして信号の所に戻ると、

「そう、此処を左折！」

それじゃ逆じゃねえか、そこを右折だろうと俺は内心思ったが、運転手さんが「此処を右折ですね」と言ってくれたんで助かった。

店に入ると待ちかねたように、女将《おかみ》や料理長が出て来て挨拶して、すぐに食事になった。まずフグの刺身が大きな皿に盛られ、「さあ、食べよう」とミスターが勧めるが、我々は緊張してなかなかハシが出ない。

「何だ、皆フグ怖いの？　大丈夫、此処は有名だから」

言いながらハシを水鳥のくちばしのようにして皿の上をなぞり、ごっそりフグ刺しをすくい上げ、ほとんど一人で食べてしまった。有名な長嶋さんのフグの食い方だ。この後の鍋も同じように食べていた。結局我々はミスターの食いっぷりを観ていただけだったが、それで充分だった。

こんな野球スターはもう出て来ないだろうし、そういう時代でもない。今、メジャーリーグを見ると、大谷が復帰してどこまでやれるかくらいは気になるが、他に誰がいるだろう。王さん、金田さんは長嶋さんと同じいい時代に巡り合わせた人達だ。今の日本の選手はメジャーリーグに行くしかない。出来たらメジャーリーグで王さん、長嶋さんのような活躍をする日本の選手を見たいな。

ゴルフもジャンボ尾崎が日本で百勝したが、海外でも同じくらい勝つような日本人ゴルファーが出て来ないかと期待してる。

俺の仕事もおんなじか！　海外で有名なのは、たけし城くらいで、映画もハリウッドの方が有名だ。こう言っちゃ情けないが芸能の仕事は、ハナから世界は無理か？　俺、英語もフランス語も駄目だし。その点、スポーツは言葉関係ないからいいな、って開き直ってるのが駄目なんだろう。日本の野球選手のこと言ってる場合じゃない。お前はどうなんだと言われると、謝るしかない。

どうもスイマセン。

ゴルフからK泉さんに長嶋さんで、林家三平《はやしやさんぺい》で終わっちゃった！

誘拐犯

港区三田にあるイタリア大使館の裏手に、モルガン・インターナショナルスクールがひっそりと立っている。隣には慶応義塾大学の裏口があるが、学生が利用することはないらしく、また大使館員や警備員の姿も滅多《めった》に見られないので、この学校を知っている人は意外に少ない。

家政婦のイザベルはいつも通り、下校時間の十分前に武田家の御曹司《おんぞうし》、一茂《かずしげ》（九歳）を迎えるため正門前に立っていた。この時間になると他の生徒の迎えに車が集まって来る。

大抵は母親か使用人が運転手代わりに子供の送り迎えをしている。

大半は日本人の子供だが、インターナショナルスクールだけあって、アメリカやヨーロッパ出身の親を持つ子供や、金持ちのアジア人の子供も結構いるらしく、下校時間には「シー・ユー・ツモロー」などと英語が飛び交う。

友達やボランティアのオジサンに手を振りながら一茂がイザベルの方に向かってくる。

イザベルが徒歩で一茂を迎えに来ているのは、武田家の住居が学校から歩いて十分ほどの高級住宅地に最近建てられたマンションだからだ。

祖父、両親、一茂と家政婦の五人が暮らすには、一軒家を建てるより四階建てのマンションの最上階全フロアを借用した方がセキュリティーの面でも安心とのことで、現在の社長である武田順次《じゅんじ》が子供の入学に合わせて田園調布の自宅を売って購入した。

エントランスにはガードマンが二十四時間常駐している。

社長の武田順次、会長の祖父・茂《しげる》、女房の寿美子《すみこ》、住み込みの家政婦のフィリピン人イザベルと一茂の五人暮らしだが、社長の順次はよくある創業者の馬鹿息子で、親から会社を譲られたが社員任せで何もせず、ゴルフ、銀座のクラブ、女の家と放蕩《ほうとう》を繰り返して自宅には滅多に帰ってこない。祖父の茂は武田製紙工業の創業者で実質的なオーナーだが、早く息子に株と会長の座を譲り、いずれは自分の孫に代を継いでもらいたいと思いを込めて一茂と命名した。本人曰《いわ》く、巨人の長嶋茂雄《ながしましげお》選手のファンで孫に長嶋さんの子供と同じ名前を付けたらしい。

いつもイザベルは一茂の遊びの相手をしながら、新発田《しばた》家や吉田家の前を通り、マンションに向かう。手は決して離さない。夏などは都心なのにトンボや蟬《せみ》、蝶々《ちょうちょう》などが飛び回り、それを捕まえようとイザベルの手を振りほどいて走りそうになる一茂を押さえるのに一苦労だ。

今日は日本の学校は休日だが、インターナショナルスクールでは普通に授業がある。もともと下校の時間帯の人や車の交通量は多くないが、今日は特に少なかった。三田プラザやロイヤルマンションの前の道もいつもより静かだった。

暫《しばら》く歩いていると、後ろから付けて来たのか待ち伏せていたのか、白いバンが二人の横に急停車した。そして降りて来た二人組の男女がイザベルを突き飛ばし、一茂を抱えるようにバンに乗せ走り去った。

数秒の間の出来事にイザベルは声も出せずにただあっけに取られていた。そして「ヘルプ！　ヘルプ！」と悲鳴をあげた。

タイヤの焦げた臭いを残し走り去るバンを一人の男が見送っていた。イザベルの悲鳴が聞こえたのか走り寄ると抱きかかえ、「どうしました？」と訊ねる。英語で叫んでいたイザベルも我に返り「おぼっちゃんが！　誰かに連れて行かれた！」泣きながら助けを求めた。

「今のバンでですか?」

「男達が……あの車に乗せていった!」

聞いた男はすぐ上着から携帯を出す。

「もしもし、一課の足立《あだち》だが、白いバン、品川ナンバー5の……あとはわからんが三田プラザから一の橋方面に子供を拉致《らち》し逃走した可能性あり、緊急配備、繰り返します、白いバン品川ナンバー、三田プラザから一の橋方面に子供を拉致し逃走、緊急配備!

ああ、一課の足立、またすぐ連絡する、木村がいたら待機させといてくれ!」

足立と名乗った男は蹲《うずくま》っているイザベルの傍に寄り添い、「詳しく状況を教えて下さい、私は警視庁捜査一課の足立です」と言って手帳を見せた。

「スクールの帰り、おぼっちゃんが連れて行かれたんです!」

イザベルが鼻をすすりながら話す。

「家はどこですか!」

「この先のマンションです」

「とりあえず、家に行きましょう、いま、緊急配備しましたから、大丈夫!」

この事件が自分のせいだと思われるのが怖いこともあるのだろう、イザベルはしきりに「どうしよう！　どうしよう！」と言うだけで動かない。やっとイザベルを落ち着かせてマンションに向かう。その間も足立は何度も携帯でやりとりをしているが、バン発見の連絡はないようだ。

「じゃあ、監視カメラの情報を集めてくれ。十分から二十分の間、見当たらない場合は高速や周辺の地域や駐車場に範囲を広げてくれ！」

いらだった声で足立は携帯に向かって怒鳴っている。

マンションに着くとガードマンがエントランスのドアを開けてくれた。

イザベルはカードでエレベーターに乗り、四階のフロアに上がる。ドアが開くと、そこはすでに武田家のリビングだった。カードなしには誰も四階に上がれなくなっているのでこのフロアにはドアがなく、直接部屋に繋《つな》がっている。

「お帰り、一茂は？」

母親の寿美子に聞かれ、イザベルは一茂の事件を連絡していないことに気付き、また泣きそうになって足立の顔を縋《すが》るように見た。

「奥さんですか？　私、警視庁捜査一課の足立と言います」

寿美子は不思議そうに「捜査一課……」と呟く。

「その先でお子さんが事件に巻き込まれた可能性がありまして、偶然私が居合わせました」

「え！　一茂はどうしたの？」

寿美子は取り乱し、イザベルや足立に早口で問いただす。

「落ち着いて下さい。先程見知らぬ男達が、お子さんを拉致したようです」

「拉致ってなに？　誘拐？　一茂！」

「奥さん、落ち着いて！」

泣き叫び手に負えない母親を、足立が落ち着かせようとする。

「一茂くんに、携帯などの連絡手段を持たせていますか？」

「キッズケータイを持たせてあります。何かあったら、防犯ブザー引けと言ってあるのに……お前がちゃんとしてないから、こんなことに！　もうやめちゃえ！」

寿美子は泣きながら、気が触れたようにイザベルを怒鳴る。

「ＧＰＳも付いているはずです。奥さん、一茂くんの携帯に連絡してみて下さい」

足立が冷静に対応する。イザベルは自分の責任だと思い、泣きながら下を向いている。

寿美子が一茂の携帯に電話したが、連絡が取れない。

「どうしよう、音もしない！」

何の反応もないということは、壊して捨てたのだろうか。

「GPSも駄目ですか？」と足立が訊くと、携帯を食い入るように見ていた寿美子は悲しそうに「反応はありません」

足立は自分の携帯を出して電話をする。

「ああ、木村、足立だ。とりあえず、こっちに来てくれ。奥さんココの住所は？」

「港区三田、ラトゥールマンションでわかります」

少し偉そうな寿美子の口調に、足立は少しだけ「金持ちは嫌だ」というような顔をした。

「木村、三田のラトゥールマンションの四階、武田さんだ！」

足立は携帯をしまうと、「これから本庁から応援が来ます。旦那さんは会社ですか？」と訊ねた。

その言葉に寿美子は怒りを顕《あら》わにしながら「どうせ、ゴルフか女の所でしょう！」と溜め息を吐《つ》く。

「すぐ旦那さんに帰って来てもらって下さい。このことは内緒で、何か理由を付けてお願いします、事件がバレると面倒なことになる可能性があるので」

「わかりました」と言って寿美子は旦那の順次に電話をする。

「もしもし、あ、私！　今すぐ家に帰ってきてくれる！　何の用って、いまどこ？　え、どこなのよ！　いいから帰って来て！　用なんてないじゃない、何でよ！　あんたいい加減にしてよ、いま子供が……」

そこまで聞くと足立が携帯を奪った。

「すいません、電話を替わりました。お子さんが怪我をしまして。私ですか？　私は足立という者ですが、偶然通りかかって、マンションの部屋におぶって来たんです。走ってつまずいたらしくて……家政婦さんが抱いて帰ろうとしていたので……はい、私は医者なので……はい、待ってます」

携帯を返しながら足立は言う。

「奥さん、お子さんのためです、落ち着いて下さい！」

すると奥の部屋から義理の父の茂が現われた。

「寿美子さん、どうしたんだ？　一茂に何かあったのか？」

言いながら、足立の方を見て挨拶をしてきた。

「私、警視庁捜査一課の足立と言います。先程、お孫さんが下校の際に見知らぬ男達に拉致されたところに遇然居合わせました。状況を整理するためにも、いま皆さんに揃《そろ》って頂いているところです」

「じゃあ、刑事さん、一茂が誘拐されたのか?」

茂が慌てて聞いてくる。

「いや、まだ誘拐と決まったわけではありません。ただ、その可能性も高いので、車を緊急配備しております。さらに、本庁から一課の部下を招集しました。旦那さんが帰宅されたら話を伺い対処しようと思ってます。この段階では、過度にご心配なさらないようにお願いします」

「心配するなと言っても、どう考えても誘拐だろう!」

さすがに創業者だけあって、言うことに躊躇《ちゆうちよ》がない。足立が困った顔をしていると、下のガードマンから「木村という人が来ている」と連絡が入った。すぐ四階にあがってもらうよう寿美子に頼む。

エレベーターの扉が開くといきなりリビングといういかにも金持ちといった作りに木

村は戸惑った様子だったが、足立の姿を見て安心したのか「警視庁捜査一課の木村です」と頭を下げてきた。

暫くの沈黙の後に、足立が切り出した。

「旦那さんには後ほどお願いしますが、皆さんの携帯を出してこのテーブルの上に置いて下さい。それから携帯のナンバーを木村に伝えて下さい。木村、お前はそのナンバーをドコモ、ａｕ、ソフトバンクの携帯会社と協力して、掛かって来た相手の情報を貰えるよう手配してくれ」

「わかりました」

木村は皆の携帯番号を控えると、また部屋を出て行った。

入れ替わるようにエレベーターの扉が開き、主人の武田順次が慌てて入って来た。

「おい、一茂はどうしたんだ。大丈夫か、怪我は！」

寿美子が「あんたちょっと」と言って、部屋の隅に順次を連れて行く。

暫くは小さな声で話していたが、「何やってんだお前ら！」怒りで自分を制御できないといった順次の怒鳴り声が聞こえ、それに応えるような寿美子の金切り声が部屋中に響いた。

二人を止めようと祖父の茂が仲介に入ったが、二人の喧嘩《けんか》が三人の喧嘩になってしまった。

その時、突然寿美子の携帯が鳴り、その瞬間三人の喧嘩がぴたっと止まって、全員が携帯に注目した。

「奥さん、落ち着いて。何があっても動揺せずに、いいですか」

足立が携帯に出るよう促す。

「はい、武田ですが！　え、渡辺さん、日曜日に買い物？」

言いながら足立の方を見る。切れと足立がゼスチャーで合図する。

「ごめんね、ちょっと用事ができてしまって……また誘ってね！」と携帯を切った。

突然の電話のお陰で少し落ち着いた順次に対して、足立が自己紹介と事件の説明をする。そして順次から携帯を借りると番号を控え、木村に電話をする。

沈黙が部屋を支配する。

間もなく、各携帯会社への内々の手配を済ませて木村が帰って来た。

「もし誘拐事件だとすれば、犯人は必ず連絡を取ってくるはずです。とにかく勝手な行動はせずに、様子を見ることにしましょう」

足立の言葉に、茂、順次、寿美子の三人は力なく頷《うなず》く。

しかし犯人からの電話もなく、家族と刑事達は交代で眠れない夜を明かすことになった。


一晩があっという間に明けた。

足立は順次に、子供の病気を理由に会社を休むことを取引先や部下に連絡してもらい、一茂の学校にも同じように寿美子に連絡をさせた。そして、順次以外の携帯の電源を切らせ、余計な電話が掛かってこないようにした。

イザベルは部屋から出てこようとしない。

すると、さっそく携帯が鳴った。順次は慌てて携帯に飛びついたが、それよりも早く足立が携帯を手にしていた。

「もしもし、武田ですが、はい……」

誰もが息もせずに足立の会話に注目する。

「そうですか、息子は無事なんですか？」

言いながら木村に相手の情報を取れと目で促す。木村はマンションの外へ飛び出して行った。

「声だけでも聞かせてくれませんか？」

すると会話を聞いていた順次が足立から携帯をひったくると「息子を帰せコノやろう！」と怒鳴った。しかし、どうやらその前に携帯は切れていたようだ。

「ご主人、お気持ちはわかりますが、相手を刺激したら元も子もないですよ！　何かあったらどうするんですか？」

「スイマセンでした」

頭を下げた順次の顔は涙で濡れている。

「とはいえ、これで誘拐事件だということはわかりました。今度、電話があった時に、このようなことがあれば、私どもは責任持てませんよ。いいですか？」

足立は冷静な声で順次を窘《たしな》めた。

そこに木村が帰って来た。

「警部、使い捨て携帯らしく、追えません」

「そうか……木村、俺はもう一日、ここに詰めている。お前は一度本庁に帰って、情報を整理するとともに、交代要員の手配をしてくれ」

足立の言葉に木村は一礼をすると、「わかりました！　皆さん、とにかく警部の言う通りに行動して下さい。私どもも全力で捜査に当たります。失礼します！」と言いマンションから出て行った。

憔悴《しょうすい》の中、寿美子が簡単な朝食を用意したが、足立以外誰も手を出さない。すると、携帯が鳴った。順次を見ながら手で皆を制止して足立が出る。

「はい、武田です、はい、わかってますが……せめて子供の声だけでも聞かせて……え、証拠？　そうですか、もしもし、あ……」

皆の方に振り向き「郵便受けは？」と寿美子に足立が訊ねる。

「一階にありますが」

「封筒のような物が入っているか、誰か見て来て下さい！」

「俺が行ってくる！」

降りていこうとする順次を足立は止め、「ご主人、手袋をして、あとは監視カメラで確認するので、入り口のガードマンに消さぬよう言っておいて下さい！」と注意を促す。

しかし、祖父の茂が「此処《ここ》はガードマンが二十四時間常駐しているから、監視カメラなんてないんじゃないか！」と言う。

「そうですか、残念ですね。郵便受けは、ガードマンから見えますか？」

足立の言葉に、「見えますが、よほど気にしていなければ……それに、朝だし、交代の時間がありますから」と諦めたように茂が呟く。

順次が下に封筒を取りに降りると、入れ替わりに木村の交代要員の藤沢という一課の刑事がやって来た。

足立が状況を説明すると納得した様子で「とりあえず、犯人からの連絡を待ちましょう」と落ち着いた声で言う。

「それにしても刑事さんは、何で昨日、あんな所でうちの子供の誘拐現場なんかに居合わせたんですか？」

茂がふと思い出したように訊ねた。

足立は一瞬ためらったが、仕方ないという表情で答えた。

「実は昨日、イタリア大使館で騒動が起きまして。国際問題ですのであまり大きく騒がれるとまずいんですが……」

「外国の大使なんて、ほとんどスパイだ！　日本だけだよ、こんなにスパイに甘いのは！」

徹夜の疲れも見せずに、茂は矍鑠《かくしゃく》として断言するように言った。その時、順次がハンカチを使って封筒を摘《つま》むように持って来た。

「これを入れた奴を見たか、とガードマンに聞いたら、ちょうど交代時間で見ていないと言っていました」

「そうか……」

手袋をした手で足立が封筒を受け取る。

封筒には切手が貼っていない。

「犯人は直接、ここに来ているな！」

足立の言葉に皆、緊張した表情になった。

封筒を開けると鍵と一緒に、新宿の東口のロッカーの場所が鉛筆で書かれた紙も入っていた。

「おい、木村と二人で新宿へ行って、ロッカーの中身を確認してこい！　くれぐれも内密にしろ。一課の連中の間でも情報の取り扱いには充分注意しろ！　あとこの封筒鑑識に廻せ！」

足立が藤沢に手紙を渡す。「わかりました！」と封筒を手に、藤沢は出て行った。

「おそらく、子供の持ち物か、何かお孫さんと関係がある物が入っているのでしょう」茂を見ながら足立が呟く。

「幾ら出せば一茂は返ってくるんでしょうか?」

順次の言葉に、「お前はもう、金の話か?」と呆れたように茂が怒る。

「だって、金目当てに、子供を狙ったんでしょう!」

「金目当てとは限らんだろう! 誰かに恨まれるとか、お前、心当たりがあるんじゃないか?」

「冗談言わないで下さいよ、恨まれてるのはむしろお父さん、あんたの方でしょう! 競争相手を潰したり、買収したり」

「お前、よくそういうことが言えるな。その会社にたかって、ゴルフ、銀座、女にうつつを抜かしてられるのは、誰のお陰だ!」

「俺だって仕事やってますよ! 冗談じゃない、今まであんたがやって来たことの尻ぬぐいをしているのは俺ですよ!」

「何! コノ馬鹿野郎!」

「馬鹿はあんたに似たんだ! 根性まで似なくて良かったよ!」

摑《つか》み合いの喧嘩になりそうな二人の間に、足立が入った。

「まあまあ、いまはお子さんのことを一番に考えましょう、ここで喧嘩してもしょうがないですから、落ち着いて！」

それを聞いた二人は恥ずかしそうに項垂《うなだ》れた。

「犯人は新宿のロッカーの物を我々に確認させ、その後、連絡を取ってくるでしょう。木村からメールで報告がありましたが、ロッカーの中身は子供服だったようです。実物を持ってくるそうです。まずは戻りを待ちましょう」

その時、順次の携帯が鳴った。足立はすかさず携帯に目を向ける。非通知ではなく、番号と名前が表示されている。

順次は慌てたように「知り合いです」と足立に伝える。足立が目で合図して出るように促す。

「もしもし、武田ですが、ええまあ、ちょっと今日は忙しくて、いや、親父《おやじ》が身体壊して、え、そんなことないよ、今度うんまあ……」

小さな声で話す順次に対し、それまで大人しくしていた寿美子が急に怒り出した。

「あんた、誰と話してんの！　どこの女！　また銀座のホステス⁉」

「よせよお前！」と順次は慌てて携帯を切る。

「こんな時に電話してくるなんて、何て常識のない馬鹿だ！」

「愛子はそんなこと知らないでしょう！」

茂の言葉に順次が怒ったように言う。

「あんた、今の女、愛子っていうの？」

「うるさい、少し黙ってろ！　俺は社長だぞ、色々な電話があるのは当たり前だろ！」

寿美子が泣き出し、茂は自分の部屋に戻り、足立は順次と二人になった。

「刑事さんは、お子さんはいるんですか？」

沈黙をもてあましたのか、順次が話しかけて来た。

「高校生と小学生の子がいます。二人とも女の子で、私のことが嫌いらしい」

足立が自虐的に答える。

「女の子は特にそうですよね、母親に付いいちゃうらしい」

「私の仕事がこんな仕事ですから、なかなか家族のことを構っていられないので……」

「大変だなあ、刑事さんの仕事は頑張れば頑張るほど、家族との絆《きずな》が薄くなっていくんですね……」

足立は「こんな時に何を言ってるんだ、この馬鹿息子」というような表情をしたが、

「こんな話でもして時間を潰していなければ耐えられないんだろう」と同情したのか、
順次の肩にそっと手を置いた。

間もなく、木村と藤沢が帰って来た。

「警部、これがロッカーに入っていた子供服です。ロッカーの指紋や監視カメラ映像は、
いま、鑑識が調べてます」

「ご苦労だった。ご家族に確認してもらおう」

刑事が手にしている子供服を見た寿美子は、服を手に泣き出した。

「一茂、一茂、どこにいるの？」

泣きやまない寿美子の肩に順次が手を置き慰める。

「奥さん、この服は一茂くんの服ですか」

足立が念のために訊ねる。

「はい、私が買ってあげた服です」

今度は服に頬ずりしながら泣いている。

「奥さんそれ鑑識で調べますので、すいません」

木村は申し訳なさそうに寿美子から服を取ると、ビニールの袋に入れた。

「藤沢、それをすぐ鑑識に持って行け！」

藤沢が部屋を出ると、足立と木村が小声で話しだした。皆、耳を欹《そばだ》てている。

「封筒の指紋やロッカー、監視カメラ、携帯、何か出てくるだろう。誘拐事件は人質と金を交換しなければならないので、リスクが大きい。昨今、誘拐事件なんて発展途上国か国がらみのスパイ事件しかないはずなんだが……」

その時、順次の携帯が鳴った。さっきのことがあったので順次がまず確認し、足立に渡す。寿美子は確認している間に切られてしまうのではないかと気が気でない様子だ。

「もしもし、武田ですが」

周囲を気にしながら、足立がしゃべる。

「はい、息子は元気なんですか？　声ぐらい聞かせて下さい、何でもしますから……はい、子供には絶対怪我させないようお願いします！　お金ですね、お金は用意します、もしもし！　ああ、切られました……」

すぐに木村が離れてどこかに連絡している。寿美子と順次、祖父の茂も緊張した表情で部屋の隅で静かにしている。

足立はソファーに座りあごをさすりながら、何かを考えているようだ。

木村は電話での連絡が終わると足立の所へ報告に向かう。

「やはり使い捨て携帯ですね。場所も変えて掛けてきているみたいです。鑑識からは、封筒は武田製紙が作っている一般に流通しているもので、指紋も出なかったと報告がありました」

「……犯人は慎重だが、最終的に奴らの目的は、金をどう手に入れるかだ。すぐ連絡してくるはずだ」

足立が言い終わると同時に、再び携帯が鳴る。

「ほら来た」

驚いた顔の木村を横目に、足立が電話に出る。

「はい、そうです……失礼ですがお金で解決させていただけませんか？　恨みなどではないですよね？　幾ら払えばいいんですか？　子供が心配なんです！」

足立の言葉をよそに、電話はすぐ切れたようだ。皆、携帯の側に集まっていたが、落胆の溜め息を吐く。

しかし足立は何事もなかったかのように、「武田さん、失礼なことを聞きますが、幾らまで用意できますか？」と訊ねた。

「幾らでも出します、幾らでも、何でも売って用意します。だからお願い！」

寿美子がすぐに応え、また泣き出した。困ったように足立が順次を見る。

「現金ですか？」

順次が訊ねる。

「まあ、現金でしょう。よほどの知能犯ならどっかの口座に入金しろと言ってくることもありますが、そうなると、違う部所に任せなくてはなりません」

「そうですか……お父さん、会社の内部留保の金は、どのくらいありますか？」

順次は覚悟したように茂に聞いた。

茂は刑事の前で自分達の会社が儲けていると思われるのが嫌なのか、言いづらそうに「何百億もあるよ」と小さい声で呟いた。

「では、相手の要求はほとんど呑めますね。今度の電話で金額を決めてしまいましょう。まず、お子さんを助けることです」

足立の淡々とした言葉に全員が頷き、電話を待った。

すると携帯が鳴った。見るとさっきの女らしい。順次が出て怒鳴った。

「いま忙しいって言っただろう！　何度言えばわかるんだ、コノ馬鹿女！」

順次は怒鳴って携帯を切ったが、またすぐに掛かってくる。

「お前、もう一回掛けて来たら、縁切るぞ、コノやろう！」

足立は寿美子と順次がここでまた揉《も》められると大変だと思ったのか、「もういいでしょう、今度掛かって来たら私が上手《うま》く対応しますから！」と言って順次から携帯を取り上げた。

足立の携帯に藤沢から電話が入った。部屋の隅で暫く話していたが、戻って来ると「奥さん、お子さんの服、三越で買いましたか？」と訊ねて来た。

「はい、先月だと思いますが」

「高いらしいですね。我々の背広が二着くらい買える値段らしい」

木村が感心している。

「白いバンは高速の下に捨てられていました。新宿のロッカーの映像は、犯人がカメラの位置を調べたらしく後ろ姿しか映っておらず、パーカーのような服を着込んでいて体型まで隠しているらしい。旦那さん、誰か心当たりはありませんか？」

「恨まれるようなことをした覚えはありませんよ」

ムッとしたように順次が言う。

「社員はあなたが社長で嬉しがってるわよね、何にも仕事を知らないから好き勝手できて。でも女には恨まれてるでしょうよ。さっきみたいな女がいっぱいいるんだから！」

「寿美子さん、止めなさい！」

嫁の言葉にさすがに祖父の茂が声を荒らげた。携帯が鳴って、また静かに音に集中した。今度は足立が出た。

「はい、そうです、え、五億？　明日まで……受け渡しはどう……ああ、切られました。ただ、身代金は五億円、明日、また連絡するそうです」

携帯を手に足立が順次に伝える。

「父さん、明日までに五億、用意できますか？」

茂はちょっと考えて、足立に「電話を使っていいかね？」と訊いた。

「この事件が外に漏れなければいいですが、お金の用意ですか？」

「ああ、秘書の山口にやってもらわないと」

「わかりました、上手くやって下さい！」

緊張しているのか、何回も押し間違えてやっと繋がった。

「ああ、山口か、俺だ。うん、あのなあ、成城に出物の不動産があってな、買っておけって仲間が言うんで、五億用意してくれ。ああ、それが現金なんだ。だから安いんだろう。危なくないよ、いいから俺の言うことを聞け！　何年俺についているんだ。今まで間違ったことをしたことがあるか？　いいからやっとけ、こっちに連絡しなくていい。直接、明日夕方までにお前がマンションに持って来い。だから銀行は関係ない、何か言われたら取引を止めるとでも言えばいいんだ！」

茂は一方的に秘書に伝えると、電話を切った。

「お金は用意できそうなので、まず子供の交換を優先しましょう。捜査は子供の安全を確保してからです。今度犯人から連絡が来たら、明日の夜には五億の用意ができると言っていいですね」

「結構です」と茂が応えた。

「私はイタリア大使館の事件の報告もしていないので本庁に戻って上司と会議をしなければならないのですが、犯人との会話はすべて私が『武田順次』として出ています。もし自分のいないあいだに電話が入ったら声が違うと思われ、警戒されるかもしれません。よって、万が一に備えて、今日も私はこちらで待機します」

足立の言葉に、武田家の面々は安堵の表情を浮かべる。

するとで足立が、「木村、ハラへったなあ」と小声で言った。

それを聞いた寿美子が軽食を作ってきた。落ち着いたのか部屋を出てきたイザベルも手伝って、一緒に飲み物を運んでくる。さすがに刑事の木村と足立しか食べ物を口にしなかった。


ぼんやりとソファーに座っているうちに朝になった。

木村は大きなイビキをかいて寝ている。こんな事件の時よく寝られるなあと他人は思うだろうが、そのくらいの神経じゃないと刑事などできないのだろう。

皆がリビングに集まってきた。

「まだ、山口は来ないか？」

「お父さん、銀行開くのは九時です」

「馬鹿、昨日から言ってあるんだ、夜でも頭取クラスに言えば金など用意するぞ！」

「それが駄目なんでしょう。大袈裟《おおげさ》になると、誰かが気付いて大事になってしまう、そうですよねえ、刑事さん！」

今度は順次が良識ある男になっている。

「もう少し、待ちましょう」と足立が言ってるところに携帯が鳴る。足立が出ると同時に木村が飛び起き、すぐ状況を把握してゆっくりと足立に近寄る。

「はい。いいえ、起きてます。大丈夫だと思います、はい、お待ちしてます」

皆が内容を気にしている。

「今日の夜、金と交換で子供を返す、場所はもう一度連絡する、と言ってました。おい木村、覆面を一台、用意しておいてくれ。夜、このマンションから出かけるが、車のGPSがバレないようにな。それから受け渡しが終わっても、子供の安全を最優先するように本部長に伝えてくれ。このマンションは見張られていると考えた方がいい。だから直接本庁には行くな。なるべく大回りして、一回東京から出てから本庁へ行け。車の件、くれぐれも慎重にな。覆面は夕方までにこのマンションの地下駐車場に置いておいてくれ。間に合わないようだったら藤沢を使え。あまり連絡して来るな！」

頷いて、木村が出て行く。

「さあ、いよいよ勝負ですね……」

足立が背伸びしながら呟く。勝負という言葉がこの状況に合っているのか、武田家の誰も考える余裕もないのだろう。

午後になり、祖父の茂や順次がソワソワしだした。

「山口はいったい何してんだ！　取引銀行で手間どっているんじゃないだろうな。銀行に電話入れとくか？」

「お父さん、それはかえってまずいことになるから、黙って山口を待ちましょう」

木村から足立に電話が入り、車を持って来たと連絡があった。足立は車を地下に駐車して上がってこいと言った。

「これで後は現金が揃えば、いよいよ行動に移すことになります。犯人の電話は二、三時間後には来るでしょう。その前にお金が揃えばいいのですが」

するとすぐに茂が「刑事さん携帯使っていいですか、山口に電話をしたいのですが」と焦りだした。

「あまり携帯は使わない方がいいです。誰が聞いているかわからないですし、今回は警察内でも一課の一部で内密に捜査を進めています。慎重に動いてますから、お父さん我慢して下さい、秘書が上手くやりますよ！」

足立の言葉に安心したのか、皆静かになった。

その時、入り口のガードマンから地下に秘書の車を誘導したと連絡が入った。足立と木村、茂の三人で地下に降りる。秘書の山口が車の後部座席のリモワのスーツケースを指差した。

「五億、用意できたか？」

茂の問いかけに頷く秘書の山口を見た足立は、さっそく木村の乗って来た白いカローラのトランクに現金の入ったケースを移した。そして、「すぐに部屋に戻りましょう。木村！　秘書と二人で待っていてくれ」と言い残すとエレベーターへ向かった。

後は犯人の電話を待つだけだった。

部屋に戻ると順次の携帯が鳴っており、皆がアタフタしている。足立が素早く携帯を取る。

「はい、すみません、場を外していたもんですから。はい、どうすればいいですか？　はい、現金は用意してあります、はい、この携帯を持って、首都高速五号池袋線に乗るんですか？　後は……ねえ……」

電話を切ると足立は茂と順次の方へ振り返る。

「では、犯人の言う通りに動きます。木村を残しますが、車にＧＰＳが内蔵されてますので、本庁ではこの車を追っています。安心して下さい。旦那さんの携帯をお借りします。外部との接触は避けて、落ち着いて、一茂くんの帰りを待っていて下さい」

心配そうな寿美子に「大丈夫です。お任せ下さい」と足立は言うと、茂と順次ととも
に地下に降りて行った。そしてカローラに乗り込むと二人に伝えた。

「暫く連絡はできないと思います。どうしてもという場合のみ、木村に連絡をします。

一応私たちの携帯はハッキング防止機能が付いていますが、今の技術は凄く進歩しておりますので、慎重に！」

五億を乗せたカローラが駐車場を出て行く。

芝公園から高速に乗ってすぐ、携帯が鳴った。非通知とあるので、犯人からだ。後を付けられているかと思ったが、怪しい車はいない。

「……大泉を出て、関越から上里のサービスエリアへ……」

足立の声が車内に響く。その間も、非通知ではない電話もひっきりなしに掛かって来た。その都度、留守番電話にメッセージが吹き込まれる。

二時間弱で上里《かみさと》サービスエリアに着いた。エリア内に車を止め、足立は次の指示を待っているのか車の中でじっとしている。

携帯が鳴り、足立は車を発進させた。鶴ヶ島ジャンクションから圏央道経由で海老名《えびな》サービスエリアに向かう。二時間くらいかけて海老名サービスエリアに着いた時には、もう夜の八時を廻っていた。

駐車場で連絡を待っているとまた携帯が鳴る。「トイレの前の黒いバン……」と呟くと、キーを付けたまま足立は黒バンへ向かった。

果たして子供はどうなったのか？

黒バンにはキーが付いたままで、なんと後部席の下に子供が寝かされていた。足立は自分の乗っていた車の方を見る。車はすでに走り出していた。

子供に「名前は？」と聞いたところ、急に泣き出し、やっと聞き取れる声で「一茂」と応えた。

木村に電話を入れ、一茂くんの無事を伝える。

電話の向こうでは家族の泣いたり喜んだりしている声が響いている。

足立は「二時間以内に戻る」と伝え、バンを動かした。

イタリア大使館の事件で三田に行き、帰りに誘拐事件に遭遇、被害者家族の家に泊まり込み、本庁との連絡を制限して、子供は取り返したが五億円は、犯人の手に……。

「金持ちでも、旦那の浮気や商売上の敵、恨み、やっかみなど、誰でも平等に悩み事はついて回るな……さあ、もう少しだ」

足立は車の中でひとりごちた。

車は、武田家に着いた。地下に車が止まるのを待ちきれず、順次や寿美子、茂が一茂を抱きしめ、涙、涙、涙、であった。

「皆さん、一茂くんも疲れてますので、部屋に戻って何か食べさせましょう。お腹が空いてるでしょう」

足立の言葉に初めてそれに気付いたようで、皆で部屋へ上がる。

「いいですか皆さん、今度の事件について、あまり一茂くんに聞かないようにして下さい。それは後ほど、カウンセラーを入れて我々がやります。今日のところはまず、ゆっくり寝かせてやって下さい」

そして足立は続けて寿美子に向かって言った。

「いま一茂くんが着ている服は犯人が用意した物なので、着替えさせてビニールの袋に入れて下さい、鑑識に持って行きます。それから皆さん、今度の事件については決して外に漏らさないようにして下さい。これから犯人逮捕に向けて、我々は独自に捜査をいたします。このことがマスコミなどで報道されると、武田家だけではなく、会社や学校など、あらゆる関係者に迷惑が掛かります。何があっても他言しないようにお願いします。捜査状況は時期を見て報告します。早期解決を目指しますが、事件の関係者の氏名などは公開しませんので、ご安心下さい。では木村、一度本庁に戻ろう」

皆からのお礼と労《ねぎら》いの言葉を背に、二人は武田家を出た。

別れ際に足立は振り返ると、「あの黒いバン、捜査官が取りに来ますから、それまで預かっておいて下さい」と順次達に伝えた。

茂と順次は「わかりました！」と嬉しそうに手を振ってきた。そして、「刑事さん車は？」と聞くのでタクシーで帰りますと言って別れた。

＊

「覆面車、どうしたんですか？」

帰り道、木村が訊ねる。

「海老名サービスエリアで交換した。だからあの汚いバン乗って帰って来たんだよ。お前触ってないだろうな、指紋でも出たら大変だぞ！」

「大丈夫ですよ、あれはわざと汚してありますが、指紋が逆に目立つようになってるんです」

「まあ、事件にならなきゃ、どうでもいいか」

「はい！」

「足立さん、あ、もう本名でいいのか、荒川さん、これからどうします？」

木村が嬉しそうに訊ねる。

「いや、ちょっと気になるのは、置いてきた黒いバンだが、大丈夫かな？」

「あれは、二台盗んだ車を繋げて、エンジンの刻印も削ってあるし、ナンバーも偽物ですから何かあっても、警察は混乱するだけでしょう！」

「おい、木村！　じゃない、沢村、仲間とはどこで待ち合わせだ？」

「東名の入り口に、藤沢と志村、あと一恵が待っています」

「皆、よくやったな。今日は宴会だ！」

二人はタクシーを拾って瀬田方面に向かった。

環八の東名入り口にあるマクドナルドの脇に仲間——藤沢役の後藤明、誘拐犯役の志村良二、高野一恵――が車で待っていた。足立役の荒川、木村役の沢村が乗り込む。

「お疲れ様です！」と機嫌がいい。詐欺で五億も手に入れたのだから当たり前だ。

「今日は熱海で宴会だ！」

リーダーの荒川が乾杯の挨拶代わりに音頭を取る。車の中でワーっと喜ぶ声が響く。後は誰彼なく話し出した。

「それにしても、ガキ車に連れ込んだ時、よく携帯を取ったな！」と荒川が言う。

「一恵がキッズケータイってのを知っていて、ガキが防犯ブザーを引こうとしたから、いきなりビンタして取り上げげたんですよ。素早かった」

志村が嬉しそうに返す。

「友達から、いま凄く便利で、引けば大きな音でブザーが鳴ってGPSが親に居場所を自動的に教える携帯があるって聞いてたんです。だからすぐ取り上げて、志村ちゃんが壊したんですよ」

「いや、川に捨てても良かったんですが、防水だとGPSは発信しますからね」

「ガキの携帯を壊したのは良かったけど、武田の親の携帯の番号がわからなくなって困っていたら、沢村が家族の携帯番号を持ち出してくれて一安心でした」

藤沢役の後藤が言う。

「俺が沢村に行かせたんだ。後、お前が来たとき、郵便受けに鍵とロッカーの地図入れたろ。ガードマンに見られたんじゃないかと心配だった」

荒川の言葉に後藤が「交代時で良かったです！」と明るく返す。

「おい、志村！　順次の携帯に俺が出たらすぐ切れと言ったが、皆にわからないように一人芝居するってのは大変だなあ。役者って凄いな！　携帯が切れてんの隠しながら一人しゃべりだろ、参ったよ」

「そういえば、荒川さん、金の入った車でどこを走ってたんですか？」

「まず、五号池袋線で美女木《びじょぎ》から大泉出て関越で上里サービスエリアに行って……」

「何でそんなとこ行ったんですか？」

「そりゃ、『誘拐犯の指示』じゃないか。それに携帯に着信がないと、後々怪しまれるだろ。その後、時間を合わせて海老名でお前らと落ち合ったたってことだ！」

「でも残された俺は堪んなかったですよ。夫婦喧嘩に親子喧嘩、最後にはイザベルを脅しスパイの仲間じゃないかと爺さんが疑ったり！」

それを聞いて皆大笑いをしている。

「さあ、今日は飲めるだけ飲もう！」

こうして詐欺グループが計画した誘拐事件は大成功に思われたが、事件は思わぬところから、いや当たり前のところからほころび始めた。

半年後、普段の生活に戻った武田家はいつものように、お手伝いのイザベルが一茂を送り迎えし、母親の寿美子は友人とのお買い物、祖父茂は陰で睨みを利かし、順次はあの事件などなかったように相変わらずのゴルフ、銀座、女と放蕩を繰り返していた。

しかし突然の国税局の訪問で、武田家にまた災難が降りかかった。

会社の内部留保の金五億円の使い道に不確かなことがあり、説明を求められ、何週間かの取り調べの末、遂に順次が誘拐事件の詳細を話してしまったのだ。

初めて事件を知った警視庁は詐欺事件と断定し捜査に入り、武田家のリビングや出入り口の指紋、似顔絵などからあっさり詐欺グループを全員逮捕。詐欺グループの面々は拘置所の寂しい小部屋で、結局、日本で一番力のある組織は、警察でも自衛隊でもヤクザでもＩＴでもなく、税務署だということを思い知らされた。

粗忽飲み屋

旧日光街道沿いのパチンコ屋・梅田ピカデリーから藤川が五分も持たず、五千円を取られ文句を言いながら出て来た。

——何が新台入荷だ、何がパチンコ台総入れ替えだ？　新しい台二十台くらい入れて、古い台を並び替えただけじゃねえか、インチキ野郎！

入り口の掃除をしている店員に聞こえるように言う。頭を上げた店員の顔を見て、藤川は急に黙った、如何《いか》にもその筋の若い衆のような頬に傷のある怖そうな兄ちゃんだった。

店員と目を合わせないように、入り口に並んでいる新装開店祝いの花輪を見ると、美空《みそら》ひばりだとか高倉健《たかくらけん》、勝新太郎《かつしんたろう》、石原裕次郎《いしはらゆうじろう》……笑ったのはビートきよし、他の人は皆死んでるじゃねえか。

こういう花輪は一つ二万から三万で店先に一週間から二週間置いて、違う店に持って行くらしい。

——使い回しじゃねえか！

思わず声に出してしまった。

ヤクザみたいな店員が近寄って来たので、急いでバス停に向かった。幾ら待ってもバスが来ないので、金はねえがタクシーで北千住までならすぐだと思い、タクシーを待ったが、今日は金曜日で道が混んでいるらしい。やっと個人タクシーが来たが、窓越しに見える運転手の顔があまりにジジイなので、此奴《こいつ》いつからタクシーの運転手やってんだ、昔は駕籠《かご》担いでたんじゃねえだろうな、と思ったが、自分も年金暮らしなので人のこと言えねえかと手を上げて合図すると、いま突然、気が付いたように急ブレーキを踏んでタクシーが止まった。後ろの車が激しくクラクションを鳴らして怒っているがまるで気にする様子はなく、ドアを開け、金歯だらけの笑顔で、どうぞお、と愛想がいい。後ろの車はまだ怒鳴ったり、クラクションを鳴らしている。しょうがないから俺がタクシーに乗る前に頭を下げ、後ろの車に謝ってそのタクシーに乗った。

——いらっしゃい、どちらまで？

何もなかったように運転手が言う。今時こんな言い方する奴いねえぞ、と思ったが乗っちゃった以上しょうがねえか。

――北千住駅西口に行って！

――え！　何処《どこ》ですか？　北新宿西口ですか？

そんな遠くにタクシーなんかで行くか！　幾ら取られるかわかんねえ。

――北千住だよ、オジサン北千住！

――え！　北朝鮮？

このジジイ、死んだ方がいいな。

――真っ直ぐ行ってくれ。

――四号線にぶつかって千住新橋渡るんですね？

知ってんじゃねえかこのジジイぃ。

気になるから、メーターの横に貼ってある乗務員表を見ると、名前が佐藤栄作《さとうえいさく》、元総理大臣と同じじゃねえか。生年月日一九三七年一月一日、もう八十超してる、大丈夫かなこのオヤジ、不安だが乗ってしまったので我慢していたが、運転が下手で、右折する車の後に付けてしまい、直進ラインに戻れない。やっと左側に出たら今度はバスの後ろに止まって、乗客を降ろしたり乗せたりするのを待っている。これじゃあ六時半に島田と待ち合わせた店に間に合わない。

あまり道が混んでいるので、駅前なら歩いても二十分くらいだと思い、オジサン混んでるから、ここから歩くわ、と、降りようとしたら、ここからはもう混まないですよ、なんてジジイが言う。

――いいから、ここから歩くよ！

ジジイの制止を振り切って降りると、千住新橋の上を歩き出した。暫《しばら》くすると車が動き出し、ジジイのタクシーが歩いている俺を追い抜いて行った。サイドミラーに、嬉しそうに金歯をむき出したジジイの顔が映っていた。

あのジジイの野郎と思ったがしょうがねえか、よく考えたら遅れても怒るような相手じゃなかった。

島田とは高校の同級生で、家が近いのもあるが何故《なぜ》か気が合う。お互いやることがないので、他の仲間と月に二、三回は安酒飲んで、下らない話で盛り上がっている。

島田も年金暮らしだが、親がアパートを残してくれている。しかし今は女房と出戻りの娘が二部屋を占領していて、家賃もあまり入らないとこぼしていた。島田が偉いのは親の残したアパートをどうにか借金でマンションに改築したことだが、「旭荘」が「旭マンション」と名前を変えて、二階建て十二部屋を壁ぶち抜いて六部屋にしただけだ。

藤川は足立区梅田に三十坪くらいの一軒家をどうにか建て、ローンも終わり、子供が独立、女房が癌で死んでしまい、寂しいが一人暮らしだ。息子には家庭もあり、滅多《めった》に連絡はない。

この間、可笑《おか》しいことがあった。

電話が鳴り、はい、藤川ですと出る。

——あ！　お父さん俺、いま一人？

と、切り出された。すぐにオレオレ詐欺《さぎ》だと思い、

——テメエ、誰に電話してんだ！　俺を舐《な》めてんのか？　名前言ってみろ！

ここぞとばかり怒鳴る。すると相手が、剛《つよし》だけど、なんて答えてる。

——剛だあ？　てめえ何処で息子の名前調べた、コノやろう、そんなことで引っかかるわけねえだろう、このバカ！

——父ちゃん俺だよ剛だって、オレオレ詐欺じゃないよ。

——じゃあ何の用だコノやろう、いま一人？　って聞いたじゃねえか、かみさん癌で死

んだの知ってんだろう！

――いや、話を他人に聞かれるのが嫌だから……

――それが詐欺だろう、他人にバレちゃいけねえと思って、一人のジジイ狙ってんな！　金なんかねえよ、馬鹿野郎！


そう言うと、思いっきり電話を叩きつけた。本当に気分が良かった。で、気分良く家でビールを飲んでいると、息子の剛が入って来た。


――何だ、お前どうした？

――どうしたじゃないよ、オレオレ詐欺と間違えて電話切っちゃうから、電車乗って会いに来たよ。

――え！　さっきの電話、お前なの？

――俺だよ、明日は母さんの命日だろ、だから家族で墓参り行こうって嫁の安子が言うから電話したのに、詐欺と間違えて、相変わらずでいいや。


わざわざ会いに来た息子の気持ちが嬉しかったが、女房の命日忘れていた俺も恥ずかしい、そんなことを思いながら、四号線から駅西口に向かって商店街を島田と待ち合わせた焼き鳥「吉田」に向かった。

道を渡って銀行の横道を行くと、吉田がある。

暖簾《のれん》に「焼き鳥　吉田」と書いてあるので店だとわかるが、暖簾が出てなければ、極め付きで貧乏そうな民家か昔のパチンコの景品替え所みたいで常連客しかいない。ガラス越しに覗くと島田と店のオヤジが笑いながら話している。

曇《くも》ったガラス戸を開けて入る。

——よう！　ベンちゃん、遅いよ。

藤川の名前は勉《つとむ》だが、皆はベンちゃんと呼ぶ。

——いやあ、ジジイのタクシー乗っちゃって、道混んでてまともに運転できねえんだよ。

——降りちゃえばいいじゃねえか！

——新橋の上で降りたんだよ、したら急に車動き出して、そのジジイのタクシー笑いながら俺を追い抜いて行きやがった！

——そういうこと、よくあるな。俺もこの間、混んでるからタクシー降りて歩いたら、先の道路空《す》いていて、また同じタクシー拾っちゃった。

店のオヤジの吉田が笑いながら言う。

——初乗り料金まけろって言ったんだろう？　ケチオヤジ！

——ベンちゃん、ケチオヤジはないだろう。

——じゃあ因業《いんごう》ジジイか？

——もっと悪いよ。

島田が喜んでいる。

藤川は笑いながらオレオレ詐欺の話を始めた。

——こないだ、息子から電話掛かってきたんだけど、オレオレ詐欺と間違えて、怒鳴り散らしちゃったよ。

——ベンちゃんの息子から電話？　じゃあ小ベンから大ベンにか。

——おい、島田いい加減にしろよ、お前よっぽど暇なんだろう、コノひまだ！

——島田だよ、江戸っ子だろ、ひまだって方が言い辛《づら》いじゃねえか！

——今日はゲンちゃん来ないの？

オヤジが訊いてくる。ゲンちゃんというのは藤川の会社の同僚の元木《もとき》勝《まさる》のことで、まだ嘱託《しょくたく》として会社に勤めている。

——ゲンちゃんの田舎《いなか》、何処だっけ？

——シロシマよ。

——ほらやっぱりシロシマって言っちゃうじゃねえか！

嬉しそうに島田が笑う。

——今日は何、差し上げる？　じゃあそこの冷蔵庫差し上げてくれ！

——差し上げる？　じゃあそこの冷蔵庫差し上げてくれ！

——へい、かしこまりました、いよっと！

——それ落語だよ、ジジイも乗るんじゃねえ！

島田は一人でウケている。

——それにしても、大谷の肘《ひじ》、トミー・ジョン手術して大丈夫みたいだね。

ビールを出しながらオヤジが話を変えた。

——大谷の手術より、お前のオヤジの包茎手術しろ！

島田がニコニコして絡む。

——割礼《かつれい》か、俺はユダヤ人じゃないよ、でも二刀流無理じゃねえか？

——お前だって二刀流じゃねえか？　店のバイトの女の子やっちゃったり山谷《さんや》のオカマ買っただろう。

藤川も調子に乗って、オヤジは三刀流だよ、ここの鶏ともやってるらしい、なんて返してくる。

——そんなことしないよ、気持ち悪くて焼き鳥食《く》えねえじゃねえか、焼き豚《トン》にしようかな？

——トンコレラか？　また流行《はや》ってるから豚安いぞ、それ出す気だろ！

——そんな物出さないよ。

——今店入ってくる時、入り口でイノシシ死んでたな。

——ベンちゃんまでやめろよ！　お客来なくなっちゃうじゃねえか。

——芸能界なら闇営業、ヤミで稼げよ。

島田がまた話を蒸し返す。

——二刀流の芸能人って誰がいるよ？

——ベンちゃん、いるじゃねえか二刀流、歌と詐欺、芸人と覗き、歌と覚醒剤、歌と轢《ひ》き逃げ！

——島田、皆スキャンダルじゃねえか、それだったらいっぱいいるぜ、歌と殺人、アイドルとストリップと覚醒剤、耳にタコ。

——ベンちゃんもうやめよう、いくらでも出て来るよ。大谷がやったトミー・ジョン手術、他の商売の奴やってんのかな？

——やってるらしいぜ。

——誰がやってんだ、ベンちゃん知ってんのか？

——ああ、あのＡＶの加藤鷹《かとうたか》が手首のトミー・ジョンをやったらしい、あとマック赤坂《あかさか》も十度、二十度、三十度って上がらなくなってトミー・ジョンやったらしい、チョコボール向井《むかい》もチンポ筋のトミー・ジョンやったそうだね。

三人で下らない話をしてると、遅れてゲンちゃんが入って来た。

——おう、包茎のゲンちゃんが来た！

——何だよ、いきなり包茎のゲンて？

——いま三人で大谷の肘の手術のこと話していて、島田とベンちゃんがＡＶ男優のトミー・ジョン手術の話してたんだ。

オヤジが笑いながら言う。

——チンポが立たなくなったらトミー・ジョンやんのか、ＡＶ男優が？

——ベンちゃん冗談だろよ、そんなこと言ってる奴、俺達だけだぞ。

——当たり前だよ、いい歳してチンポのトミー・ジョンなんて言ってる奴いないよ。

――まあ、まあ、何か飲めよ、今日は特別にお前が払え！

――いつも割り勘じゃねえか。

――しかし大坂なおみも凄いな、全米オープンであのヌーみたいな人に勝っちゃったんだから。

――何だよヌーみたいな人って。

――セリーナ・ウィリアムズって選手じゃねえか？

――だからヌーってなんだよ！

――お前はＴＶのアニマルプラネット観てねえのか、ヌーが何万頭も川を渡る時、ワニが待っていてヌーを襲うだろ、でも先頭のヌーが川に飛び込むと皆続いて川を渡り始めるんだ。何万頭だぞ、そのヌーにセリーナ・ウィリアムズって選手が似てるんだよ、ＴＶを観ろ、ＣＳチャンネルだ！

　意気込む藤川はたいして酒を飲んでないのに口が止まらない。

――それにしてもさ、あのテニスプレーヤーの名前さ、聞くと、つい昔のダッチワイフのこと思い出すんだよな。セイコちゃんだっけ。なんだそのセンスって驚いたよ。

――コラコラ、ベンちゃん！　口が悪いよ、全米オープンだぞ！

――そんなの、たいしたことないよ、今年のマスターズだって日本人のオヤジが優勝じゃねえか！

――え！　マスターズで日本人が勝った？　嘘だろ。

――本当だよ、毎年町内でやってんだマスターズ、スナックとか喫茶店、靴屋、寿司屋のマスターが浮間《うきま》ゴルフ場でやってるだろう。

――寿司屋は大将だろ。

――おめえは、細《こま》けえんだよ。

――あの河川敷だろ？

――そう、マスターズ、なあ？　ゲンちゃん。

――俺に聞くなよ！

――今年はラーメン屋のマスターが優勝したんだ、喜んでた、緑のドテラ着て。

――ジャケットだろ！

　こうなると店全体が、なにがなんだかわからない。

――今の奴ら凄いな、相手が外国だもの。俺達も皆野球やってたんだよな、それで知り合ったんだ。

島田が勝手に懐かしそうだ。

――そうだよ、大体、俺とお前は同じ馬鹿高校の野球部で、ゲンちゃんが広島の豊陵高校野球部、このオヤジが東京のもっとバカな方の高校野球部だ。

――何だよ、もっと馬鹿って！

――俺と島田は足立区で指折りのバカ高校だけど、オヤジは日本で屈指のバカ高校だもの。

――ベンちゃん達の高校の方が有名だよ！　ゲンちゃんな、此奴らの高校が東口にあったんだ、西口には荒川女学園ってのがあって、この二つの高校の生徒が必ず一日に五人は駅前商店街で万引きで捕まってた。

――オヤジ、お前、人のこと言えるのか？

――何が！

――お前、荒川女学園の女が一回千円でヤラせるって聞いて、神田からわざわざ千円持って会いに行って、校門の前で待って警察呼ばれたんじゃねえか。

――翌《あく》る日、お前たちも補導されたじゃねえか！

――東京の人達は滅茶苦茶だな、俺なんか広島で野球部の寮生活だ。

　ゲンちゃんが呆れたように言う。声と声が重なり合って、狭い店内でオヤジどもの声がひしめき合う。離れて聞いてりゃ、一つになった濁声《だみごえ》、集合意識というか集合濁声だろう。下らない！

——ゲンちゃんは広島生まれか？

——そうだよ。

——よく両親、生きてたな、原爆落とされたんだぞ、違う所にいたのか？

——そうだよ、爆弾が落ちた翌る日、市内に行ったそうだ。誰もいないからそこに線引いて、ここは俺の家だって言って住んだらしい。

——しょうがねえな、お前の親は。オヤジさんは線引いた後に深呼吸して死んだって本当か？

——そうなんだよ、暇、ヒマ、ひまだ！

——し・ま・だ！

——あ、島田、それで原爆がもう一つ落ちていて、オヤジが拾ってリヤカーに載せて、北朝鮮に売りに行ったんだ！

——お前の嘘はもう飽きた、でも野球の話は本当だぞ、ベンちゃん。

——わかってるよ、ゲンちゃんと俺は同じ会社の野球部にスカウトされたんだから。

——その頃、俺らの会社、有名にしようと思って、野球で都市対抗戦に出るために全国から選手集めたんだ。ゲンちゃんは名門だけど俺の高校なんか誰も知らないのに、何故かスカウトされたんだ。

——何で、俺じゃなかったのかな、俺はピッチャーで四番だよ。

——だからだよ。島田はホームランばかり打たれて、打席に立つといつも三振だものナ。

——じゃあ何でベンちゃん選んだんだろう?

——そりゃ俺の将来に賭けたんだよ会社が、スタイル、顔、瞬発力!

——それじゃ全部じゃねえか!

——プロのスカウトは違うんだよ、見る目が!

——それで二人ともすぐクビで、会社のトラックの運転手にされたんだろ。

——おい、ゲンちゃん言ってやれよ、ひまだに。

——し・ま・だ!

——五十人くらい採《と》ったからな、大学生でプロ目指してる奴とか甲子園出た奴とか、会社その頃、金持ってたから。

――ベンちゃんがクビになったのはなんとなく察しがつくけど、ゲンちゃんはなんでクビになったの？　手術の方が先だろ。

――うるせえな、ひまだ。

――島田、です！

――そういえば、今日の銀座、ウルサかったんじゃねえか？

唐突にオヤジがしゃべりだした。

――何で？

――早慶戦、慶応勝ったろう？

――でもあれだな、慶応と法政が試合する時、ホウケイ戦って言わないのかな？

――ベンちゃん、うるさいよ！

――しかし俺達の高校の野球部は酷《ひど》かったな、グランドがないんだから。な、ベンちゃん？

――そうそう、荒川の土手だよ。雨降ると一週間は使えないし、グランドにドジョウが隠れているから、ゴロ捕る時ドジョウも摑んじゃって、球とドジョウ一緒に投げちゃった。

――またあの監督が酷かった！　野球なんかやったことないのに急に監督だって。社会科の先生だぞ、チーム一人一人の団結が明日の人民の勝利を奪い取る、戦え人民のために！　毛沢東《もうたくとう》かホー・チ・ミンだよあれじゃ。

――そうだな、今考えたら酷いこと教えてたな、水飲むな、肩冷やすな、夏でもセーター着て肩守れ、ウサギ跳びでグランド三周、終わったと思ったら、今度は古タイヤを腰に縛ってもう二周、一番やっちゃいけないことやってた。

――彼奴《あいつ》、ノックできないんだよ。試合前の守備練習でノックしようとして空振りしてやんの、キャッチャーフライなんか打てなくて、皆外野に打ち込んで青ざめてた。甲子園の名物監督のマネばっかりして、精神論を言い出して、一日中、教室の窓閉めて暗い中、ローソクの火を瞬《まばた》きせずにジッと見せられたり、真冬に井戸水被《かぶ》ったり酷い時は、座禅させられたり、挙げ句は般若《はんにゃ》心経を写経して唱えさせちゃってよ。坊主の練習してどうすんだってての。

――そもそもよ、なんでそんな弱いチームの選手がスカウトされたんだ？

――ゲンちゃん、そりゃさ、さっきも言った通り。

間髪を入れずに島田が突っ込む。

――グランドキーパーが欲しかったんじゃねえの、荒川土手で鍛えた腕を買って！

――なんだ、俺は球場整備員か？

――そう、七回になると棒引きずって出てきてＹＭＣＡ踊るんだ。

――ヤンキースじゃねえか！

――ベンちゃん、何処守ってたの？

――オヤジ、此奴はロッカールームとか脱衣所、道具置き場を守ってたんだ。

――俺は守衛かよ！

――オヤジ、笑ってるけどお前の高校、強かったのか、なんて高校だっけ？

――もう、なくなっちゃったよ、生徒集まんなくて、おいらの頃は子供がいっぱいいたんでどんなバカでも入れたんだけど……。

――でも野球やってたんだろ。凄いな、ここにいる四人が同じ学年で皆高校野球部出身なんて、滅多にないぞ！

――いつも、このメンバーじゃねえか、他の奴がいる時の方が奇跡だこの店は。

なるほど、それはその通りなのだ。

――ゲンちゃん、修学旅行、広島だと何処行くの？

連中としては自然の流れで、島田が話を急に変える。

――やっぱり東京が人気あったから、皆で東京にしろって騒いで。

――じゃあ東京に来たんだ。

――いや、大阪。

――何だよ！

――だって、金がないから。お前達は？

――俺らは、京都奈良だ。他の学校と同じだよ、見るところもつまんねえ、ゾロゾロ旗の後付いて歩かされて先生に怒られて、情けねえ、クソ坊主が偉そうに説教じみたこと言いやがって、税金払え、いい車乗りやがって！

――お前こそ共産党だろ！

――何だとコノやろう、共産党がなぜ悪い！　またお前の家、塗っちゃうぞ。

――ベンちゃん家《ち》はペンキ屋なんだ。昔喧嘩した時、此奴、夜中に俺の家、アパートだよ、赤いペンキで入り口真っ赤に塗りやがった。そしたら翌る日、通行人が血だと思って、警察に電話してさ。殺人事件って大騒ぎ。

――ひでえな、それは。

――島田、お前、まだそんなこと覚えてるのか。

――忘れるわけないだろ！

――修学旅行といえば、京都に『DX《デラックス》東寺』ってあったよな？

――ああ、ストリップ劇場で裸の女がゴンドラの中に入って頭の上を通るやつ！

――お前と俺が補導されたとこは、違うよ、客が舞台に上がってやれるとこ！

――お前ら、何やってんだよ。

――島田が好きだから！

――見つけて来たのはベンちゃんじゃねえか。

――あの頃はまだガキだから女に興味がありすぎて、チンポが立ってしょうがなくて困ったもんだ、トミー・ジョンなんてイラナイよ！

――まだ言ってるよ、このスケベ。

――島田、お前俺のこと言えるか？

――何が？

――俺んちのアパートに中年の後家《ごけ》が入ったから遊びに来い、絶対やらせてくれるって言うから旭荘まで行って女の部屋ノックしたら、お前のオヤジが出て来たじゃねえか！

――ベンちゃん、やめろよ！　頼むから。昔の話じゃねえか。

――昔が懐かしいよ、今まったく女に興味ない、男にもないぞ。

――もう全然だめか？

――ああ、情けないよ、小便の時以外チンポ触らないもの。

――しかし日本の野球観なくなったな、ＴＶもやんねえし。

よく飽きもせず、延々話せるものだが、ここでゲンちゃんがまた野球の話に戻す。

――原監督もどうかね。いつも、あのポーズはさ。

――前の高橋が監督になった時、インタビューで長嶋さんが、これでジャイアンツの野球が三六〇度変わりますって言ってたのにな。

と島田がボヤく。

――それじゃあ、いつものジャイアンツと同じじゃねえか。

――オヤジ、そこがミスターのいい所なんだよ、わかんねえかなあ、寿司屋で長嶋さんが大将のことをシェフ、シェフと呼ぶので、大将がシェフってのはあっしのことですかい？って有名な話とかあるよな。

――ああいうスターいなくなったものな、野球観なくなったよ。

藤川が溜め息を吐《つ》く。

――大リーグばっかり注目されてるからね。

――なんだオヤジ、さっきまで大谷の肘を心配してたじゃねえか。

――ダルビッシュ、どうだ？

――ダルビッシュより山本キッドが可哀想だよ、大体、神の子が死ぬか？　その後どうなんだ、神の子がどこ行くんだ、オヤジ、只《ただ》の酒出せ！

――ベンちゃんやめといたら、大分飲んだよ！

――じゃあ金払うから出せ。

――今までの酒、只だったの？　しょうがねえな。

――ちゃんと払うよ、お新香代くらい。

――ひまだ！

――島田！

――島田、焼き鳥と酒は只か、有り難い！

――ゲンちゃんもいい加減にしてよ。

――しかし、スポーツ新聞も、最近じゃ飽きちゃうね。東スポなんて、かつてのジャーナリズム精神はどこにあんのさ。

そこにジャーナリスト魂を求めても仕方ない。

——オヤジ、東スポばっかり読んでるからな。東スポは凄い、田中角栄《たなかかくえい》が逮捕された時、東スポだけは一面が『猪木血だるま』って書いてあった。

——でも、他の新聞もいい加減だよ、圓生《えんしょう》さんが死んだ時、同時に死んだパンダの方が記事がデカかった。

——何か飲めよ、ひまだ！

——島田！

——ゲンちゃんまた、かみさんに怒られるぞ。

——なんだよ、オヤジ、この三人の中で俺が一番嫌いだろう？

——変なこと言うなよ、皆好きだよ、金払えば！

——しかし、ヤンキースの前の監督、なんて言ったっけ、あの胃が悪そうな奴。

——ベンちゃん最近、人の名前出てこなくて参ったよ。

——ゲンちゃん、名前は出てこないけど、チンポからはまだ出るだろう？

——ひまだ！

――島田！

――貿易不均衡だの何だのアメリカのヤロー、日本人まだ嫌いなんじゃねえか？　だから平和公園に原爆なんか落とすんだ！

――ゲンちゃん、順番変だよ。原爆落ちた跡地を平和公園にしたんだよ。

――知ってるよ、冗談じゃねえか、人知れずに俺だって毎回核兵器廃絶運動に行って、シュプレヒコールしてるぞ。

――偉いね！

――当たり前だよ、ノーモア広島！

――偉い！

――ワンモア・パールハーバー！　ワンモア・ナガサキ！

――バカヤロー、酷いな。もう少し考えて言えよ。

――何言ってんだ、俺んちの親戚は東京大空襲で皆やられてんだ。ワンモア・ニューヨーク！

――だったらボカせ！　読んでる人が怒っちゃうだろ。

――誰だよ、それ！

――じゃあ、ワンモア・どっか！

ここまで来たら、四人が四人、同じ人間にしか聞こえない。

――オヤジはよっぽど閑《ひま》なんだな、いつもアサ芸かポスト読んでるしな。

――仕事もしてるよ。

――客来なきゃあ、仕事やれねえじゃねえか？

――ひまだ、さん！

――島田さん！

――客が来なくてもやる仕事、いっぱいあるんだよ。飲み屋の苦労なんか知らないだろう、なあベンちゃん？

――そうそう、オヤジも大変だよ、客が来ない時は、酒を水で薄めたり、ウイスキーのラベル貼り替えたり、来ない客の酒混ぜたり、客に飲ませる睡眠薬買ったり。

――ちょっと待ってくれよベンちゃん、そんなことしてねえよ。

――してねえか？

――もう、やめたわ！

――何だよ、Wヤングのネタじゃねえか。懐かしいな。

――ひまだ！

――島田！

――このオヤジ、漫才好きで、浅草や上野の寄席《よせ》行ってるらしいぞ！

――漫才、誰が好きなんだ？

――今いいのはトップ・ライトだな。

――とっくに死んでるじゃねえか！

――ギャグでしょう、ギャグ。

――そんなギャグつまんねえよ、このぼったくりジジイ！

――ゲンちゃんそんな言い方ないだろう？

――ギャグだろギャグ！

――もう、つまんない漫才やってんなあ。

――何、コノ紅葉饅頭《もみじまんじゅう》！

――そりゃゲンちゃんの地元広島だ、Ｂ＆Ｂか。懐かしいよ。

――漫才はやっぱり関西だろう、昔はぼんちとか、のりお・よしお、紳助《しんすけ》・竜介《りゅうすけ》とか面白かったなー。

――しかし、ツービートは面白かったけど生意気だったたな、大丈夫だったのかな、あんなネタTVでやって？

藤川がホクホク顔で言う。

――小さい方、何処の出身だ、バカヤローとか訛《なま》り酷かった。

――ゲンちゃん、あれが東京の下町のしゃべりだよ。

――そうそう、俺らみたいな貧乏人の。ゲンちゃんシロシマだから。

――ひまだ！

――島田！

――東京の奴、あんなしゃべり方しないよ。ＮＨＫ観ていても、おいら、とかしょうがねえ、なんて言わないぞ。

――あれは標準語だよ、ＮＨＫが放送する時に使った言葉で、東京の下町じゃあ、あんなしゃべり方しねえ。

――この二人のしゃべり方、聞いていてわかるだろう、下品な東京の貧乏人の言葉！

――なんだオヤジ、お前だって俺らと同じ下町の貧乏人じゃねえか。

――あのたけしってのも、足立区でペンキ屋だ。

――どうして同じ足立区で同じ年代でこう違うかね！

――オヤジ、どっちが上なんだ、俺か、たけしか？

――勿論《もちろん》ベンちゃんの方が上だよ。足立区のバカ高校で野球やって、運送会社にスカウトされてすぐクビになって長距離トラックの運転手やらされて歳取ったら配車係で定年まで働いて、たまにやるパチンコでは勝ったことがなくて、ジジイのタクシー拾って酷い目に遭って、友達は野球で出会った貧乏仲間、楽しみは月に三回の高級焼き鳥店でのディナー……。

――いい加減にしろ、トンコレラとＯ‐１５７の専門店！　お前は、講釈師か、よくそんなにしゃべれるな！

――昔、本牧亭にも行ってたから。

――あの頃の漫才は片方ばかりしゃべってて、相棒は止めるだけだったな、掛け合いってのがなかった。

――ツービートのきよしなんて、やめなさい、よしなさいのツーパターンだけだ。シンプルすぎるだろ。

オヤジが乗ってくる。

――あの人、横浜で焼き肉屋オープンして、店の名前が『よしなさい』だぞ。花輪が出ていて、たけしの札《ふだ》に『やめなさい』って書いてあって笑ったよ！

嬉しそうに島田が返す。

――彼奴ら、シャレが効いていいな！

――お前んとこの焼き鳥も、タレが効いてりゃいいのに。

――ひまだ！

――島田！

――うちのタレはもう何代も前から継ぎ足し継ぎ足しして、今まで守ってきたんだ味を！

――本当かよ、この間、スーパーでエバラ焼肉のたれ買ってんの見たぞ！

――あん時は、うちで焼き肉やろうとしてたんだ、商売物は別だよ、自分の家で使うわけないだろ！

――ここのタレは古いよ、吉田で何代目だ、昔は聖徳太子《しょうとくたいし》が常連だからな。

――ここのタレの味が変わって応仁の乱が起こったんだろ。

――いや、真珠湾にタレ撒《ま》いたんだ、リメンバー・エバラ！

——あんた達よくそんなことばかり言ってられるな。

——そんなことばかりって、もう他に話すことねえんだよ。

急に島田が寂しそうに言った。

——お前はマンションの上がりで、悠々自適だろ。

——ベンちゃん、歳取ると本当につまんねえな、何にも興味なくなるし、酒も昔ほど飲めねえ。

——国もよう、高齢化社会なんて難しいこと言ってねえで、もっとハッキリ言えばいいんだよ、年寄りは死ねって。

ゲンちゃんが溜め息を吐く。

——これだけジジイ、ババアがいるんだから、老人党とか作る奴いねえのかな。

オヤジの言葉に、お前が作れよ、俺達が応援してやるからと藤川が返す。

——なんて名前付けるんだ？

——そうだなあ、冥土《めいど》のミヤゲ党、死に損ない党、徘徊《はいかい》党、人間廃棄物党！

——ベンちゃん、自虐的過ぎるよ。

——そうかあ、じゃあ、年金もっとよこせ党。

――それより、マニフェストを考えよう。まず年金問題。

――ひまだ！

――島田！

――真面目になってきやがったな、年金前借り制ってのはどうだ？

――いいねえ、借りといて死んじゃえばいいんだから、その代わり、八十五歳以上は死刑、七十五から八十五まではヒロポン配給、国立姥捨《うばす》て山を豊洲に新設、六十五から七十五までは徴兵。

　ゲンちゃんとオヤジはもう飽きてきている。

――二人とも、またいつもの話だ。たまには違う話はないのかよ？

――TVも新聞も皆同じだよ、つまんねえ。

――ベンちゃん、ボクシングの山根《やまね》会長、どうしてるかな。

――元会長だよ。氷川《ひかわ》きよしの長良《ながら》プロダクションの会長そっくりの奴でね。

――ベンちゃん知ってるの？

――長良じゅんといって、ハワイのゴルフ場で事故起こして死んだんだ、可哀想に。昔、敏《とし》いとうとハッピー&ブルーってグループがあって、ハワイで長良さんに挨拶しなかったら、会長怒って、ハッピーだかブルーだか知らねえがハッピーをブルーにしてやろうか、って脅かしたんだ。

――よくそういうこと知ってるなあベンちゃんは。でも山根元会長の話はないの?

――知らねえよ、奈良判定とかいうので揉《も》めたんだろう。でも、KOされて立てなくてタンカで運ばれてんのにそいつの勝ちとか、もっとむちゃくちゃじゃないとつまんねえよ。

――そんなことできないだろう。

――プロレス、見てみろ。勝った、負けたは関係ないじゃねえか。

――あれはショウだもの。

――オヤジ、お前なんかプロレスに夢中だったじゃねえか。

――あの頃は本当に殴ってるんだと思って……。

――おい、そこ泣く話かよ。

――でも最近、何でこう地震とか台風、災害ばっか来るかな。

――今までの人間のやった自然破壊のツケが廻って来たんだ、何十年後の人間は地球がおかしくなったのはあの時代からだと今の時代を定義するだろう。

ゲンちゃんが矢鱈《やたら》とシタリ顔で頷く。

——お前、ノーベル平和賞貰えるぞ、凄い。

——あのゴヤって副大統領も地球温暖化問題でノーベル賞貰ったんだろう。

——ゴヤは絵描きだよ！

——ゴアんち、電気代だけで凄いんだろう、省エネなんてやってなかったらしい。

——オヤジ、佐藤栄作だって貰ってるぞ、あれ、今日、佐藤栄作に会ったな。

——ベンちゃん何言ってんだ、佐藤栄作は死んだよ、呆《ぼ》けてきたんじゃねえか？

——いや、確かに佐藤栄作に会った、何処であったのかな？　思い出さねえ……。

——落語で、先生！　最近物忘れが激しくて困ってるんですが、いつ頃からですか？

何がですか？　ってネタあるよ。先生、女房が徘徊して困ってるんです、どの辺を？

ええいつも朝四時頃、駅前で会うんです！　あんたも同じだよ、とかどうこういうネタ？

調子に乗ったオヤジが続ける、いいねえ。先生、最近山羊《やぎ》が好きになって、山羊とばかり付き合ってんです、へえ、その山羊ってのはメスかオスかどっちなんですか？　メスに決まってんだろう俺は変態じゃない！

――いいねえ、オヤジ、落語家になった方がこんな汚い店より儲かるぞ！

――汚い、は余計だ！

――おい、まだやんのか？

――調子が出て来た。先生早漏《そうろう》で困ってんですが、あ、そうですか、じゃあこの中国製のこの塗り薬をやる前に、性器の先に塗るとしびれて効くと思いますが。翌る日、どうでした？　ええ、塗ってるうち出ちゃいました！

いい加減に終わるかと思ったら、また四人が盛り上がりだした。

――あ、思い出した、あのタクシーの運転手だ！

急に藤川が大きな声を出した。

――ベンちゃん、タクシーの運転手がどうしたんだよ？

島田が酒を吹き出しそうになりながら藤川を見た。

――いや、今日乗ったタクシーの運転手が佐藤栄作だ、乗務員証、見たもの俺！

――気持ち悪いよな思い出さないと。だけど俺らはそういうの気にしない方がいいんだって。

と、ゲンちゃんが返す。

――誰が言ってたんだよ？

――えーと、誰だったかな、思い出さねえ、クソ気持ち悪くなってきた！

――何だよ！　気にしない方がいいって言っただろう、今！

　ゲンちゃんは就職の時、藤川と違って、ちゃんと会社と将来の条件を契約していた。野球が駄目になっても会社で働けるし、給料も大卒と同じで幹部候補にもなっている。さすが名門広陵高校野球部だ。プロで稼げるかも知れないし、それを諦めて就職したんだから。プロにならなくて良かったな、と藤川は思っている。

――ゲンちゃんは俺らと違って部長にまでなるしまだ会社で働けるんだから、いいよなあ、俺なんか野球やめたらすぐ運転手だよ。

――ベンちゃん、運転手なんか気楽でいいだろう、俺みたいに客の顔色ばかり窺《うかが》って、謝ってばっかりで。

――オヤジは長距離トラックのこと、よく知らねえから気楽だなんて言ってんだ。眠いし、昼間混むから夜走るんだ、それも高速道路の料金浮かそうと下の国道を深夜走るんだよ、それで覚醒剤に手を出す奴が出てくるんだ、仲間が勧めるし。

――なんか寂しくなってきたな、年寄り四人で苦労話になっちゃった。

――お前はマンション経営で楽だろう！　ひまだ。

――島田です！

――楽じゃないよ、出戻りの娘とボロ女房といつも一緒だぞ、金は自分達で自由に使いやがって、俺には一銭もくれねえ、小遣い貯めて、ショボい焼き鳥とショウチュウ飲んでんだ、それもたまに。

――島田、ショボい焼き鳥はやめろ、幾ら当たっていても！

――何だよ！　当たってるってのは？　ゲンちゃん、此奴らにエリートとして言ってやってくれよ！

――誰がエリートだ？　エリートがこんな汚い店で飲むか！

――ベンちゃん、やめてくれよ、皆集まるといつもこれだ！

――オヤジこれがいいんじゃねえか、皆でわいわいやるためにここに来てんだから、焼き鳥や酒なんてどうでもいいんだよ、食えれば。

――オヤジだってコノ店、誰が継ぐんだ、あの馬鹿息子がやんの？

――島田、馬鹿息子って言うことないだろう！

――馬鹿じゃねえか、金で日大入ったんだろ、割り算できるの？

――うちの息子は爆笑問題の太田じゃねえ！

――彼奴はいいじゃねえか、ＴＶで売れてて馬鹿でも有名になれば。

――太田は新潮社、訴えたらしいぞ。

――また、このオヤジ、東スポ読んでたな。訴えて裁判勝っても、ちっちゃな記事で謝るだけで、かえって損だって秋元康《あきもとやすし》が言ってたぞ。

――何だ、今度はアサヒ芸能か？

でもねえ、とオヤジが真面目な顔だ。本当に後継ぎいないんだよ、誰かいねえかな、なんて呟く。

――だから馬鹿息子はどうしたんだよ！

――島田！　馬鹿息子はやめてくれ。

――いま息子、何してんの？

――大学生だよ。なんか、コンピューターの仕事で頑張ってるって言ってた。

――大《てえ》したもんじゃねえか？　コンピューターの仕事！

ゲンちゃんが驚いた声を出す。

――ゲンちゃんも大したもんだ。

——何が？

——いつの間にか江戸弁になってる。

——当たり前でえ、何十年も東京にいれば、しゃべりも江戸弁になっちゃいまんねん！

——何だ、そりゃ。

——コンピューターの仕事って、どんなことやってんだ？

——あのな、よくわかんねえんだけど、ビデオの前で踊ったり、何か食ったりして金貰うんだって。

——そりゃ、ユーチューブって奴じゃねえか？

三人が呆れかえった。

——そりゃコンピューターの仕事じゃねえぞ、俺も会社で教えてもらいながらコンピューターいじるけど。

——チンポもいじる！

——ひまだ！

——島田！

——今のガキがなりたい仕事ってのによく出てくんだ、ユーチューバーって！　馬鹿野郎だらけだ。

——じゃあ、コンピューターの仕事じゃないの？

——だから馬鹿息子って俺達が言うんだ！

——何だか、俺もよくわからねえからよ。

——店の後継ぎにどうにかしてなってもらった方がいいぞ。

——島田、俺だって親の仕事継ぎたくなくて高校行ったんだから。普通は親の仕事やんの嫌だぞ。

——ベンちゃんのとこはペンキ屋だもの、嫌だよ。

——何だ島田、差別すんのか、ペンキ屋を？

——いやしてねえよ、親の仕事を子供は近くで見てるからよくわかるんだよ。オヤジの息子もオヤジの仕事をよく見てたから、目焦げちゃって、顔真っ黒になっちゃった。

——おい、近くで見るって意味違うぞ！　焼き鳥焼いてるのを真っ赤な炭の上の鶏ジッと見るか？

——いや、ベンちゃん、馬鹿息子だから。

——こら、やめなさい。

――オヤジ、ツービートのきよしみたいになってきたな。
――もういいからなんか出そうか?
――チンポでも出せ!
――ひまだ!
――島田!
――何か食わない? ハツとかナンコツ美味《うま》いよ!
――ナンコツ? トミー・ジョンした奴?
――島田、お前うるさいよ、オヤジは馬鹿息子と店のことで悩んでるんだから!
――ベンちゃんの方がうるさいよ、俺の息子のこと、バカバカって言うな。
――じゃあ、知恵スロウ!
――何だその言い方。
――遅いって言ったら差別だろう、この身長とお金の不自由なオヤジ。
――もういいよ、オリンピックどうなるだろうな?
――お前は田原総一朗《たはらそういちろう》か、勝手に話を変えやがって!
島田と藤川が交互にオヤジを突っ込む。

――いやあ、ほら、ベンちゃん、国立競技場の設計で揉めたろう、あのザハとかいう女の設計したやつ、金が掛かってできねえとか。

――あの、ぐにゃっと曲がってるやつだろう、あんなのは姉歯《あねは》で設計させて下請けのどっかで鉄骨買って建てれば自然に曲がるよ、ぐにゃっと、姉歯は凄い、仙台の地震で設計したとこビクともしなかったらしい。

――三兆円の儲けだって森喜朗《もりよしろう》が言ってたけど、五兆円使うんじゃねえか?

――さすがゲンちゃん、運送屋の経理部長!

――ベンちゃん、俺もう嘱託だよ!

――偉い、我が家の食卓!

――オヤジ、何言ってんだ。

――今、オリンピック前で土地、建物が値上がってんだよ、俺のマンション売ろうかな?

――売っちゃえ。持っていても、子供とかみさんに取られるぞ、そのうち中国人がいっぱい住み込んで乗っ取られるぞ、尖閣《せんかく》諸島みたいになっちゃうから、その金で四人で何か商売やろう!

――島田、ここ買ってくんねえか？

――駄目だよ、こんな汚え店。

――ベンちゃん、汚え店ってことないだろう。

――オヤジは黙ってろ、いまその金をどう使うか皆で考えてんだ！

――俺のマンション勝手に売って、商売考えるなよ！

――いや、島田、今はセンスとアイディアの時代だ、幾ら金持っていても増やすことを考えないと、皆、税務署に持っていかれるぞ。

――ベンちゃんどうしよう？

――大丈夫だ、俺達が騙す。

――どうやって？

――まず、ゲンちゃんがお前のかみさんを口説く、そして俺がお前の娘とやっちゃう！

――お前ら、頭確かか？

――確かだよ、ビル・ゲイツだって日本のまごだって……

――孫《そん》だよ！

――そうやって、金持ちになったんだ。

――マンション売って金が使えたらまず、何をやる?

――俺が考えたのは、マンションを吉原にするんだ。

――なんだよ、売春じゃねえか!

――売春じゃないよ、日本の文化を外人に教えてやるんだ。オリンピックで外人が来る。それを狙って歌麿《うたまろ》マンション、どうだ?

――やだよそんなの。ゲンちゃんやめてくれ。

――オヤジ、何かねえのか、お前商売人だろ?

――俺は焼き鳥しかやったことねえから、わかんねえ。

――だから駄目なんだ、あの馬鹿息子、ホモの振りして客取らそうか?

――だから売春と変わってないって!

――ゲンちゃん、島田のマンションどうする、何か、いいアイディアないか?

――ヤミ金どうだ?

――嫌だよ、ヤミ金なんて、どうやって金回収すんだ?

――だから、ひまだ!

――島田!

――島田、金稼ぐには鬼になんなきゃ、普通のことじゃあ駄目。

――ゲンちゃん、この焼き鳥を利用しよう。

――ベンちゃん、うちの焼き鳥屋どうすんだ、さっき汚え店って言ってたじゃねえか？

――だから何か話題になる店に変えるんだ。

――焼き鳥しかやれないよ、ベンちゃん。

オヤジが不安そうだ。

――焼き鳥なんだけど別のサービスすんだ！

――別のサービスって何だよ。

――そうだ、昔流行ったノーパン焼き鳥どうだ？

――お、ゲンちゃん、それいいねえ。でも誰がノーパンになるんだ、バイトのおばさんじゃ駄目だし、女の子やってくれないよな。

――オヤジがノーパンだったら気持ち悪いよな。

――オヤジのノーパン、誰が見に行くんだよ。いっそのこと、フリチンでやったらどうだ？ ちょうちん、とか言ってよ、キンカンでもいいぞ！

――いいぞ、じゃないよ！ なんで、俺がフリチンで焼き鳥焼かなきゃいけねえんだ。

――金のためじゃねえか、元手は島田のマンション売った金だぞ、お前は一銭も払わないんだぞ。

――だからって、ノーパン焼き鳥はないだろう、ゲンちゃん！

――まあ、確かに汚えな、それは。じゃあ回転焼き鳥はどうだ？

――ベンちゃん、俺、いつも焼き鳥炭の上で回転させてるよ。

――そういう回転じゃねえよ、寿司屋の回転！　じゃあダーツ焼き鳥どうだ？

――どうやんだ、ダーツ焼き鳥？

――焼き鳥は串に刺さってるだろう、食った後、その串をダーツ盤に客が投げるんだ、五十点に入ったら五十円引き、二十のトリプルなら六十円引きだ！

――面倒くさいよそんなの、誰が計算すんだ！

――馬鹿息子じゃあ計算できねえか？

――俺の息子、巻き込むなよ！

――そうだ、息子にユーチューバー焼き鳥ってのやらせよう。

とゲンちゃん。

――どうすんの？

――だから、お前の息子が、焼き鳥いっぺんに十本くらい串ごと食って、その後串八本出す、どうだ？

――手品みたいじゃねえか、二本の串どうすんだ？

――息子が後で、ウンコと一緒に便所で出す。

――麻薬の運び屋じゃねえか！

――駄目か、じゃあカジノ焼き鳥はどうだ？ ルーレットの安いの買って来て、それ廻して砂肝とかレバー投げ入れて、客の張った数字に入ると食える！

――焼き鳥冷えちゃって、汚くて駄目だよ。

――バカラ焼き鳥はどうだ？ バンカーにレバーが入るとプレイヤーは……。

――お前ら、もういいよ、俺のマンションで遊ぶな！

――島田！ 俺達はお前のことを思ってコノクソオヤジと相談してるんだ、なあゲンちゃん？

――そうだよ、お前の将来を考えて、ベンちゃんとコノ馬鹿オヤジと三人で考えてんだ。

――島田に謝れ、なにがノーパン焼き鳥だ、カジノ焼き鳥なんてできるわけねえだろう！

――なんだオヤジ！　島田がこの店を五億円で買ってやるって言ってんのに。

――はい、売ります！

――買うわけねえだろう、こんなボロくさい店、五百円でも嫌だ！

――五百円でも嫌だって？　冗談じゃない、このタレだって五万円はするぞ！　俺が毎日継ぎ足してんだから。

――島田！　五百円は言い過ぎだ、あと二百円くらい出さなきゃ、タレだけでも価値があんだここのは。昔、平家が壇ノ浦で源氏に負けたとき、安徳《あんとく》天皇がここのタレを抱えて身を投げたんだ。

――そんな古くねえぞ！

――乃木《のぎ》将軍が二〇三高地突撃の時、滑り止めにここのタレ使ったんだ。

――せめて食べてくれ！

――太田《おおた》道灌《どうかん》に加賀千代女《かがのちよじょ》がお盆に載せて出したタレだ。

――山吹だよ！

――昭和天皇がＧＨＱに行って、マッカーサーに渡したのがここのタレ。

――そんなことしてねえ！

――これは凄いぞ、信長が本能寺で、明智光秀《あけちみつひで》に飲まされたのが、ここのタレだ。

――それじゃ毒薬じゃねえか！

――オヤジこの店、買わないから安心しろよ。

　島田はもう飽きてきている。

――島田、そりゃがっくりだよオヤジにとっては。

――いや、ベンちゃん、俺じゃどうにもなんねえよ、親子で組んでマンション取ろうと、俺死ぬの待ってんだから。

――俺みたいに、女房先に逝《い》ってくれたら、ノーパン焼き鳥できたのに、うーん残念！

――なに言ってんだよ、ただオヤジからかってるだけじゃねえか！

――ゲンちゃん、有り難う、今度まけるね！

――なんだコノオヤジ、ゲンちゃんだって俺達と一緒にからかってたじゃねえか！

――状況を把握しないとだめだ！

――状況だ？　いつまでも働いてるから、周りばかり気にしてそうなっちゃうんだ、なあ、ひまだ。

――島田……。

――オヤジと俺はちゃんと働いてんだ、労働者だ。

――じゃあ、働かない俺達は資本家か？

――そうだよ、我々労働者、お前らは資本家、この場は搾取する者とされる者の戦場だ！

――待ってました、コノ共産党、戦艦ポチョムキン、エイゼンシュテイン、イワン雷帝！

――この焼き鳥屋、なんでも言うな。

――エイゼンシュテインか、観たなあ「戦艦ポチョムキン」。

島田の話にゲンちゃんがすぐ乗ってくる。

――前にな、大島渚《おおしまなぎさ》がカンヌ映画祭に招待されたんだけど、病気で歩けないんで車椅子をたけしと崔洋一《さいよういち》で押して、赤絨毯《じゆうたん》を行進したんだ。階段を二人で車椅子を持ち上げて上がって行ったんだけど、あまりに重いんで、途中で降ろそうかと思ったけど、ここで降ろして車椅子が階段を落ちていったら、「戦艦ポチョムキン」の名場面だと二人で笑ったんだって。映画好きなら皆喜ぶ話だけど、意味わかんねえか？　お前ら。

――俺ら、映画なんか見ねえもの。何だその、ポチョムキンっての、ちっちゃなチンポ剝《む》いてんの？

――コノ馬鹿、ベルリンオリンピックの「民族の祭典」、リーフェンシュタールも知らねえだろう？

島田がむきになって言う。

――知らないよ。ベンちゃんだってオヤジだって知ってんのは、谷《たに》ナオミとか風祭《かざまつり》ゆきとか団鬼六《だんおにろく》くらいで、外人だったらリンダ・ラブレイス、ハリー・リームスかなあ、あいつデカかったなチンポ！

――やめろ！　映画は芸術だよ。

本当に島田が怒ってしまったので、ゲンちゃんが慌てて話を変える。

――島田、オリンピック見に行くのか？

すると皆、人がいいからすぐオリンピックの話になってしまった。

――開会式とか閉会式なんか皆見たがるけど、何処も同じじゃねえか、大勢が踊ったり、ライオンキングみたいなデカい動物出したり、コンピューターで画面映したり。

と藤川が言う。

――俺は、陸上見たいな、一〇〇メートルとか二〇〇メートル、マラソンもいい。

——島田、マラソンは朝早くスタートらしいぞ。

——なんで？　暑いから？

——ヨーロッパの時間に合わせてだって。いい種目、皆向こうに合わせるらしい。

——じゃあ何のために日本でやんのさ。ベンちゃん、東京オリンピックじゃねえじゃねえか？

——ＩＯＣの野郎、金儲けばっかり考えてんだ。

——ＦＢＩもＣＩＡもろくなもんじゃねえ。

——オリンピックなんてもんは、ヨーロッパ貴族がやってんだろう、サッカーもＦ１も。汚えよ、彼奴らホンダがＦ１強くなったらターボとかルール変えちゃうし、ジャンプの複合だってそうだ。スケートも羽生ばかり勝ってるとそのうちルール変えるぞ、彼奴ら。俺達も何かルール変えちゃおうぜ。

——大体競技が多過ぎるよな。水球なんて見たくねえよ、皆、中耳炎みたいな帽子被って。

——被って？　かまやつひろしって歌手のこと？

——お前は黙ってろ。

もう完全に誰が何しゃべってるかわからなくなってきた。

水球は水中の格闘技ってくらい凄いらしいぞ。そうか、初めて足立区にプールができた時と同じみたいだ。あん時、プール行ったんだよ、一時間十円、凄い人で、係員がマイクで、泳がないで下さい、動かないで下さいって怒鳴ってた。荒川で泳いでたからな。聖火台で焼き鳥焼いたら人気出るぞ！　韓国のオリンピックは鳩焼いてたじゃねえか。ありゃ、事故か。で、聖火の最終ランナー、座頭市《ざとういち》だと面白いな。世界から偉いの来てんだぞ、そこに座頭市が聖火持って、目が見えないから色々な所に火を点《つ》けるんだ、大騒ぎだぞ。開会式おじゃんになるかね。歴史を扱ってもいいな、開会式の日本もさ。まず東京大空襲から始まって、四日市喘息、それから、有機水銀、原爆投下。死んだ浅利慶太《あさりけいた》なら上手《うま》くやるぞ、長野オリンピックも素晴らしかった。

――な、ひまだ。

――島田です！

良かった、誰がしゃべってるかわかんねえから、たまには名前出してよベンちゃんとゲンちゃん。俺の名前はどうすんだ！　お前はクソオヤジでわかる！　誰にわからそうとしてんだ。金メダル幾つ取れるかな？　柔道もオリンピックの種目に選ばれたくて、ルール変えちゃうもんな。嘉納治五郎《かのうじごろう》先生が泣いてるぞ、青い柔道着なんか着せて、指導とか有効とか、技あり、ヒロポン一本。最後だけ余計だろ。ドーピングじゃねえか、日本選手、全員ヒロポン打って出たら、金メダル何個取れるかな？　たいして取れねえんじゃねえか、五千メートルとか一万メートルなんか勝てるわけねえよ、アフリカとか黒人に。百メートルも二百メートルも運が良ければ銀ぐらい。相手がバトン落としたり、ウンコ漏らしたり、チンポ出ちゃったり。さあここで問題です、ウンコとか、チンポって言ったのは誰でしょう？

——ベンちゃん、クイズをやるな！

大ヒントですねえ、ベンちゃんと言われたので、まず藤川ではない、お前はと言ってるから本人はやや四人の中では余裕がある、お前と言われてる奴はここでは立場が弱い、さあいったい誰でしょう？　当たった方には抽選で還暦を過ぎてまだ現役の藤原選手でお馴染みの「スッポン『皇帝』三ヶ月分」をお送りします、発表は商品の発送をもって……話がもうわかんねえ、オリンピックやノーパン焼き鳥が混じっててよ。

どうして、ノーパンだけ覚えてるんだ！

だから、たまには名前出そうよ、忘れられちゃうから。

いいんだよ、スジもねえまま、焼き鳥屋で仲間が集まっておい吉田とか、島田、よせよ！　とか言ってるだけなんだから。

ああ、嬉しい、やっと吉田って名前が出た。オヤジばかりだったから本名忘れられたらどうしようかと思ってた。

クソジジイの本名なんかどうでもいいと、この島田は思う！

あ、自分で名前出して。汚えぞ、ひまだ！

島田です！

上手く自分の名前入れたな！　改行で登場すりゃ、わかりやすくなるな。

ベンちゃん何を言ってんだ？　どうだ偉いだろ、ベンちゃんて何気なく名前出してるところなんか、名人芸だ！

話が滅茶苦茶な方に行ってるぞ。

わかってるよゲンちゃん。なんてね。

無駄に改行させせんじゃねえよ。なんだこの話は！　もういいよ！

オヤジの馬鹿息子のユーチューブ見てみようか？

どうやって見るんだ？

どっか触ってりゃ出てくるよ！

触ってりゃ出てくるって、オナニーか？

馬鹿息子のユーチューブ見せて！

携帯にしゃべったって駄目だろう！

お前ら、遅れてるよ、いまは話しかけると自動でやってくれるんだよ！

そうか、じゃあもう一回やって！

馬鹿息子のユーチューブ見せて？

そりゃ、駄目だろう！

なんで？

馬鹿息子のユーチューブって誰の息子だかわかんねえし、それガラパゴスって古いやつじゃねえか？

ガラ携っていうんだよ、スマホっての買えねんだ！

スマホだって馬鹿息子のユーチューブ見せろって言ったって、そんな新しい機能付いてるやつないよ！

まあ、待て。そのうちできる。

そのうちって、いまできねえのになにやってんだ。

おい、皆おかしいぞ、何も食ってねえし、飲んでなくて、ただ笑ってるだけだ。初めは金儲けの話で、マンション売って、コノ焼き鳥屋買って儲けようと話してたんだ。ノーパン焼き鳥やってさ。

だから、そこにいくなよ、その辺から話がおかしくなったんだ。馬鹿息子のユーチューブ見ようって言ってなかったか？　馬鹿息子はオヤジの二番目のかみさんの子供だろ、前のかみさんの子供と上手くいってんのかよ？

お、俺の出番ですか？　ありがてえ。このまま、みんなと混じっちゃってどうしようと思ってたら。ええ、前の女房の子供二人とも女の子で、もう嫁に行ったよ。

ベンちゃん。昔な、子供達集めてさ、おい、お前ら仲良くヤレよ！って言ったことがあんだ。息子にまずこの串一本折ってみろ！って渡したら折れた。そうだ一本、二本は折れる、だが三本纏《まと》めて折ってみろ！　おう、毛利《もうり》元就《もとなり》だな、どうした？　三本、簡単に折った！　あらら、この話、混じっちゃってるよね。面白いのに。俺のセリフだけにしてくんないの？　うるさいよ、焼き鳥の串じゃあ五本だって折れるよ、矢を出せ、矢を！

俺だったら矢だって三本くらい折れるぜ。

ゲンちゃんは力あるもんな。オヤジと違ってセリフ一つ目立ってるよ。それでオヤジ、串三本折られて子供達に何て言ったんだ？　しょうがねえから、兄弟の世話になるなって！　うん、その方がいい教訓なんじゃねえか？　昔のことわざ、いまの時代に合わねえんじゃねえかな。悪銭身につかず、こんなの嘘だよな身につくぞ。そこの中華屋のオヤジ、期限過ぎた豚肉と野菜で儲けてた。オヤジは同じことしてんのに儲かんない。

悪いことしてないよ！

やったな、セリフで一言立ったぞ。悪いのは不味《まず》いだけか？　それも悪いことだ、ぼったくりだから。うちの焼き鳥はミシュランで紹介されたんだぞ。東京のここは行っちゃあ駄目って？　明日の百より今日の五十。これはいいじゃねえか、浅草行ってソープで女がちょっと老けてるんで、変えてもらったら、もっと老けた女来ちゃったって意味じゃあねえんじゃねえか？　老いたら、子に従え、こりゃ駄目だ。オヤジの所どうすんだ、あの馬鹿息子に従うか？

ゲンちゃんがコックリコックリやり出した。

おいもう帰るか、ゲンちゃん寝ちゃった。かみさんと二人暮らしだよな、ベンちゃん？

寝顔を見ながら島田が訊く。

ああ、かみさん体弱いから人雇って、看《み》てもらってるらしい。

だから、まだ働いてるのかな？

ゲンちゃんは人使い上手いからな、会社が辞めさせてくれねえんだ、肩壊すよりいいんじゃねえか？

そうだなあ、でも子供ってのは作った方がいいのかな？

ベンちゃん。俺はいまの女房と娘には本当に腹立たしいよ！

女の親子はいい友達、みたいにいつも連《つる》んでるんだろう？　もう、嫌になる。俺の誕生日なんか何にもしてくんねえのに、テメエ達はエルメスとかヴィトンなんての買っちゃって、交換してやがる、俺がカップヌードル食ってんのに、テメエ達は有名なレストランでワインなんか飲んでる。今日もそうじゃねえか？　俺達がこんな汚え店で焼き鳥食ってる時によ。

その点、男の子はいいな、うちみたいに。お前んとこの馬鹿息子なんかいない方がいいよ、店継がねえし、ユーチューバーだって？　大学何しに行ってんだ、遊んでるだけだ、もったいない。親がどんな思いして大学行かしてるのかわかってねえ、なあベンちゃん！　そうだ、このクソジジイがどんな苦労をして焼き鳥屋をやって金つくっているか、あのバカはわかってねえ！

今度はバカだけか？

そう、息子抜き！　本番禁止、お客の腕次第！　なんだよ、ひまだ！　子供の学費のため、タレにヒロポン入れたり、カラスの肉使ったり、東口で女の格好して立って、客引いたり苦労してんだ！

やってねえよ、そんなこと。

隠すんじゃない、お前と俺ら、知り合って何年になる？　もう四十年以上だよな、島田？　俺達は知ってんだ、お前の前の女房がお客とデキちゃって駆け落ちしたり、馬鹿息子がお前の子じゃないことも。

ベンちゃん、ちょっと待って、前の女房のことは本当だけど、息子は俺の子だよ！

ほら、可哀想に。俺達はお前達親子がここにいる時、ここをカッコウの家と呼んでいた。だからお前に似てないだろう、似てるのは頭が悪いってことだけ。

じゃあ、顔はどうなんだ、俺に比べていいのか、悪いのか？

オヤジは悪い顔だが、息子はもっと間抜けな顔だ。相手は誰だ？　南千住のニコヨンさ。昔ここで飲んでて、地下足袋《じかたび》履いて酔いつぶれちゃって、金持ってねえし、しょうがないから、ここにお前らが泊まらしたことあったろう？　息子の年考えてみろ。

そうだったのか、あのアマ！

ベンちゃんやめなよ、本気にしてるじゃねえか。オヤジ嘘だよ、ベンちゃんがからかったの！

俺、本気にしちゃったよ、変なこと言うなよ。

いやあ、悪い悪い、でもオヤジよく考えろ、あの女房に誰が手え出す、お前だけだ！

謝ってんのか、もっと酷いこと言ってんのかわかんねえ！

それよりゲンちゃんどうする！

昔みたいにイタズラするか？

何やんの、イタズラ？

オヤジ、赤いマジックあんだろう？

あるよ。

それで、ゲンちゃんの眼鏡、真っ赤に塗って、「火事だー」って三人で怒鳴ろうか。

そうすれば、ゲンちゃん起きて店が真っ赤なんで家事と思って飛び出すぞ！

大丈夫か、飛び出したら危ないよ？

大丈夫だよ、すぐ気付くから、もう人もあまりいないし。やろう、マジック持ってくるよ。店の裏に行ったオヤジを見て島田が笑う。あのオヤジ、結構人が悪いな、良さそうな顔して。人間は皆そうだ、いくら人が良くても、何かのきっかけで悪人になってしまう。太平洋戦争に駆り出された多くの日本兵をみろ、皆んな田舎の呑気《のんき》な百姓《ひやくしよう》か貧乏人だ、それが戦地に行ったら、考えられないような残酷なことをしてしまう！　凄い、火野葦平《ひのあしへい》！　小林多喜二《こばやしたきじ》！

ひまだ！

島田です！

小林多喜二は蟹工船でプロレタリアートだぞ。

大阪の蟹が足動かしてる看板の？　そりゃかに道楽じゃねえか、オヤジ早く持って来いマジック！　探してんだけど、見つかんないんだ、赤のマジックが。店がいつも赤字なんだから、赤いマジックよく使っててんだろう！

上手いねえ、ベンちゃん！

やっとオヤジがマジックを見つけて持って来た。

誰が、書くの？　お前がやれ、手先が器用なんだから！　そうかい、褒められるとその気になるね！　オヤジは手先が器用だ、毎日朝山手線で財布抜いたり、女のパンツ触ったり、箱屋のよっちゃんと刑事に呼ばれてんだもの。俺はスリで変態か？

ペンちゃんがやった方がいいんじゃないの、ペンキ屋だし？

それもそうだなって、ペンキ屋が人の眼鏡塗るかよ！　じゃあオヤジ早くヤレ、ゲンちゃん起きちゃうぞ。

オヤジがそうっとゲンちゃんの眼鏡を外し、マジックで眼鏡を赤く塗りだした。三人とも笑いを堪《こら》えながら、ゲンちゃんに気付かれないように、ジェスチャーで自分が塗ると眼鏡を奪い合い、あまりの可笑しさに島田などは涙を流して声でバレないよう床に蹲って体を震わせた。

準備ができて、そうっとオヤジがゲンちゃんの顔に眼鏡を戻す。

三人が目で合図をして同時に、火事だあ！と大声で怒鳴った。ゲンちゃんが素早く顔を上げ、わあー！と叫ぶ。今度は三人が、逃げろ、火事だ、火事だ！とゲンちゃんを慌てさせた。燃えてる！　燃えてる！と叫びながらゲンちゃんは店から飛び出していった。

三人は腹を抱えて笑った。酒でも飲んでいるうちに帰って来るだろうとカウンターでまた笑いこけた。

しかしゲンちゃんの帰りが遅いので、島田が心配しだす。

おい、ゲンちゃん何してんだろう？　遅いな。

とっくに気が付いただろう、眼鏡にマジック塗ってあったのに。

不安が三人を包んだ時、ピーポー、ピーポーと救急車のサイレンが聞こえてきた。

おい、ゲンちゃんじゃないだろうな？　と藤川が心配そうにオヤジに訊いた。

もしかして、外で車かなんかにぶつかったかな？

ぶつかったかな？　じゃねえよ、行ってみよう！

三人は商店街に小走りで急ぐ。するとゲンちゃんがタクシーの前で倒れていて、ちょうど救急隊にタンカに乗せられるところだった。その横で真っ赤に塗られた眼鏡を警察官が不思議そうにジッと見ていた。そして眼鏡を手に、タクシー運転手に事情を聴きはじめた。

救急車がゲンちゃんを乗せて病院に搬送するのを見送りながら、どうしようかと三人は悩んだ。

警官に事情を聴かれている運転手の顔をよく見ると、男は藤川が今日乗ったタクシーのジジイだった。藤川が小声で二人へ、俺達がやったって、あのお巡りに言おうか？と訊くと、そうしよう！と同時に頷いた。

翌る日からのTV、新聞で流されたニュースは、人生でこんなに恥ずかしいことはないと思うほどだった。変な意味で、四人は日本中の人気者になっていた。

スポーツ紙にはデカデカと見出しで、

仲間にイタズラ、眼鏡を赤く塗られる

火事だ！　外に飛び出しタクシーと激突！

と、書かれている。

これと同じような記事がネットのニュースやTVで流され、オヤジは店を休むし、俺と島田は外出られない、幸いゲンちゃんの怪我は単なる打撲で全治一週間という軽いものだったので、警察の取り調べでも、仲間だし示談も口だけだが成立しているので問題はないでしょうと、三人は家に帰れた。

しかしこの事件をキッカケに、老人問題を政府の主要問題として国会で審議すべきだと野党や一部の与党の若手などが騒ぎ出し、結局警察は事件を傷害事件として書類送検してしまった。裁判では、国の老人対策の不備、心のケアとか色々理由を付けながら、こんな間抜けで世間が喜んだことを政治の道具として利用するのだろう。そのため、面倒くさいのに三人は検察庁に何日か足を運ぶことになった。挙げ句の果てに裁判が待っているらしい。

やってきた弁護士は共産党系なのか、やたらと俺らを被害者扱いする。

そうですか、国の年金だけでは、汚い店で体に悪い酒で、段々思考力も駄目になってきて、遊びに行くにも若者向けの施設ばかりで老人には国はなにも用意してくれない、だから仲間と遊ぶにも、眼鏡を赤く塗って、もう金がなく寝ている以外にない、仲間を火事だと脅かす以外選べない老人達の娯楽を国がもっと率先して作って来なかった付けが、この資本主義における利益優先の土壌を生み出した云々……。

弁護士と話すと、俺達がもう生きてる意味も何もないように思えてきて、しかもその責任は、国と資本主義体制にあるとしたいらしい。

検察で散々生年月日から学歴、職歴、日々の暮らし、また当日の動き、何故焼き鳥屋でこんな事件を起こしてしまったのか、誰が最初に言い出したのか、皆が同意したのか等、どうでもいいことをいつまでも調べて、調書ってのに書き入れている。

藤川はイライラして、どうせ死ぬんだから、さっさと死刑にしろ！　と怒鳴って他の検察官に止められ、隣の部屋からは黙し、します！　というオヤジの大きな声が聞こえて来た。


数日後、ゲンちゃんも会社に出勤するようになり何も問題がないのに、三人はまた検察に呼ばれ個別に取り調べをうけた。

島田の担当の検察官は孫のような年齢で、
いいか、島田！　この事件は単なる老人のイタズラじゃあ、済まないんだぞ、一歩間違えれば、人を殺してたんだ、お前らは殺人犯だ！

と、偉そうに説教を垂れた。

何コノガキ、俺らが殺人犯？　じゃあ、殺人未遂で調べろ。

なに？　検察を舐めてんのか！

何言ってやんでえ、税金ドロボウ舐めて悪いか？　テメエの女房だって、テメエのチンポ舐めてるじゃねえか！

隣の部屋では藤川が叫んでいる。

あのタクシーの運転手はどうした？　まさか無罪じゃねえだろうな、八十過ぎのよぼよぼだ、俺は一回乗ったことあるが、北千住の西口って言ってんのに、新宿の西口行こうとした奴で、車線変更もできねえし、後ろ確認しないで急ブレーキ踏んで、追突されそうになったんだ、あのジジイ、佐藤栄作って奴だ！

一番可哀想なのは、焼き鳥屋のオヤジだ。

お前が赤いマジックを持ってきたんだな、それは頼まれたからか？　自分からか？　それによって罪の重さは全く違うものになるぞ！

と、検察官から問いつめられている。

マジックはよく店で使うじゃないですかとオヤジはしおらしい。

酒はちゃんと許可を取ってあるんだろうな、ちゃんとした酒か？

これには、さすがのオヤジも怒った。

戦時中じゃねえぞ、まだ、メチルとかバクダン、出してると思ってんのか！　お前、一度も社会で働いたことないだろう、子供の時から遊びもせず進学塾で毎日勉強させられ、親にいい学校入れれば将来苦労しないと、有名大学の法学部に入って、司法試験に合格、五年くらい検事やって、地元に帰って弁護士になり、ヤクザやダーク企業の顧問弁護士を何件か持って、一生楽に暮らせると思ってやんな、そうはいかねえぞ！

おい、吉田、お前なに言ってんだ！

本当のことじゃねえか、お前、森友、加計《かけ》問題どう思ってんだ、司法が政治に負けるのか！　三権分立って塾で習わなかったのか？　法なんてその時の権力によってどうにでもなるんだろ？

ふざけたこと言ってるな！

これも東スポやポストを愛読している結果か、オヤジの勢いは止まらない。

この事件もたいしたことないのに無理矢理、裁判に持っていって、年寄りの運転とか飲み屋での楽しみを奪おうとしてんだろう、誰だ官房長官？

吉田！　こっちは執行猶予付きの判決を考慮していたのに、そんなに悪たれつくんなら、こっちにも考えがあるぞ！

どんな考えだ、こんなことで懲役十年か？　やってみろ、この国は北朝鮮か？　こんなことは前にもお前らやったじゃねえか。

何をやった！

やっただろう、ビートたけしのフライデー事件、単なる喧嘩で示談も成立、裁判なんかやるわけないと皆思っていたら、あの後、官房長官の後藤田が、ビート君の気持ちはよくわかる。かといって直接行動に及ぶのは許されることではない、なんて抜かしやがって、たけしを前科者にしやがった。

あれは単なる、喧嘩じゃないぞ！

バカヤロー、皆知ってるよ、あの頃フォーカス、フライデーなんかがよく売れて、内容が政治家の立ちションベンとか浮気とかやられたんで、どっかで写真誌を抑えようとして、たけしを生け贄《いにえ》にしたんだ。人の命は地球より重いって言った奴いたな、ふざけんなこの世間知らず！　うちの焼き鳥屋で一年働いてみろ、いい法律家になれる、わかったか！

こんなことが何回かあり、判決は懲役三ヶ月、執行猶予一年、またマスコミが騒ぎ出した。

大半が刑が重すぎる、老人対策だ、国は老人を見捨てたという論調で、初めのうちはメディアも面白がって取材に来たり、オヤジの馬鹿息子がユーチューブで赤い眼鏡を掛けて、店から火事だ！って走る画像が何万回も再生されるという事態になって、店が満員の日が続いた。しかし何ヶ月か過ぎるともう皆の記憶から消えていった。

困るのは俺達で、島田が、島田は女房と娘が離婚を要求、マンションを売ってその金で暮らすと言い出した。島田が、俺はどう生活するんだ?と聞くと、買い主には話がついていて、一部屋安く貸してくれるという。それじゃ、昨日まで自分のマンションだったのに、年金使って家賃まで払って住むのかと、島田は落ち込んだ。

藤川は倅《せがれ》の剛が三人で暮らそうと言ってきたが、独りの方が気楽だと断った。最近よく、つまずいたり心臓が痛くなったりするのでやや気弱になっていたが、死ぬ時は死ぬんだと開き直り、まだ梅田の家にいる。

焼き鳥屋の吉田は店を息子が手伝うことになり、嬉しいのだが、心配で結局毎日店に出ている。

ゲンちゃんは可哀想に奥さんが死んでしまい、自分のせいだと暫く鬱病のような感じだったが、島田や藤川、焼き鳥屋の吉田がよく飲みに誘ってやってどうにか乗り越えた。最近では退職もして、逆に誘ってくる。

ふと、思ったのだが、この文を書いてるのは誰だ？

四人以外にもう一人いるのか？

此奴がよく文章の中に観察者のように登場するが作者の俺もわからない。


ゲンちゃんから電話があった。

東京スター銀行の充実人生って知ってか？　家担保にして金使えるって。綾小路《あやのこうじ》きみまろのCMで知ってるけど、細かいことはわからない、焼き鳥屋で島田とオヤジに聞いてみるか？　と言って、いつものように六時半頃待ち合わせた。今日はまだパチンコでもやっていく時間がある。

パチンコは相変わらず出ない。また入り口にチンピラみたいな若い衆が掃除していて花輪も同じ死んだスターの札だったが、ビートきよしの花輪はなくなっていた。

外に出てタクシーを拾おうとしたが、また佐藤栄作だと困るので、窓越しに見える顔に注意して、若い運転手のタクシーが来たので、手を上げて、拾った。若いだけあってスムーズなハンドルさばきで北千住にすぐ着いた。

また島田が一番乗りで、オヤジに愚痴をこぼしていた。

おお！と言って島田の隣に座ると、カウンターの中で焼酎を作っていたオヤジが、島田の所、本当にかみさんと別れたんだって！と切り出した。

本当かよ、マンションどうした？

と訊くと寂しそうに、
売られちゃったよ！

島田が泣きそうな声で呟いた。

なんで、皆やらなきゃいけねんだ？　二人の共通財産だろう。

買い主と上手く話を付けて、三畳一間、只で俺を住ませてくれるみたい。

ゲンちゃん来たら俺、銀行に家を担保にして暮らせる、充実人生やってみようかと思ってんだ。

俺の店も充実人生にしてもらって、焼き鳥屋充実人生かな？

おやじ、どう暮らすんだかわかんねえぞ、なんだ、焼き鳥屋の充実人生ってのは？

ベンちゃん、島田、スナックユミのママとデキてたんだって。帰りにユミでも行こうかって誘うと、俺帰るって言うわけだ。俺に内緒でユミに行ってたんだな。

いやあ、皆にからかわれるし、バレたらかみさんに怒られるだろう！

お前、バレなくてもマンションとられて同じじゃねえか！

しかし、あのユミってのは狸《たぬき》だな！

ぽつりとオヤジが言った。

オヤジ、狸ってなんか知ってんのか？

島田には言わなかったけど、あのユミってのは銀行の支店長のコレだぞ、と小指をあげる。なんだオヤジ、知ってんのか？　こんな商売してりゃあ、男と女見りゃあすぐわかるよ。テメエの女房持っていかれて偉そうに言うな！

そこにゲンちゃんが入って来た。心持ち老けた気がする。

よう、久し振り、もう飲んでるの？　それしかねえよ。ゲンちゃん、島田とスナックユミのママのこと知ってたか？　知ってたよ？　じゃあなんで教えてくんねえんだ？　ベンちゃん、あいつ、元俺の女じゃねえか？　何だよ、俺は皆の残り物と付き合ってたのか？　しょうがねえな、皆騙されてたのかあのユミに。俺なんか、一回しかやってない。

ベンちゃんまで、やめてくれ！　島田は酔ってきたようだ。カウンターに顔を乗せ眠り出した。

おい、寝るなよ、お前も赤い眼鏡掛けてやろうか？　とオヤジが言うと、ゲンちゃんが、オヤジ、それシャレになんねえと苦笑いをする。

しかし週刊誌には参ったな、ベンちゃん？

何が？

だって俺に赤い眼鏡掛けて、火事だって言ったのはお前らの長年の恨みだって書いてあったぞ。

恨みってなんだよ？

島田が顔を上げて呂律《ろれつ》の廻らない声でゲンちゃんに聞いた。

高校野球のことだよ。

なんでこないだの事件と高校野球が関係あるんだ？

ベンちゃんが不思議そうな顔で訊ねる。

だから、俺じゃないよ、週刊誌の記事に書いてあったんだ。四人のうち一人だけ名門豊陵高校の野球部で、ほかの三人は一回も甲子園に出たことのない高校出身で、なにかに付け、名門豊陵高校をひけらかす元木勝を恨んで、犯罪に走ったたって！

いい加減にしろ、そのばか週刊誌、どうせヤクザとヌードで食ってんだろう！

でも野球が下手なのは当たってるな。ベンちゃん昔、開政高校と試合やって負けたことあったろう。

怒る藤川に島田が眠そうな顔で返す。

あの進学校だろ、あそこに負けたことあったな。

そん時だよ、開政の奴が、「頭が悪いのに、野球まで弱いのか！」って笑ったんだ。それでな、俺と島田で入谷の開政まで殴り込みに行ったんだ。校門の前で弱そうな奴選んで金でもたかろうかと脅していたら、デカい柔道部の奴が出て来てバタンバタンと投げられた。

そういえばゲンちゃん、会社辞めたの？　ベンちゃんが訊ねる。ああ、もう働くの辛いよ、それにかみさんもいないし。

葬式、たいして役に立たずに悪かったな、変な事件の後だったし。週刊誌の野郎、あれが原因でゲンちゃんのかみさん死んだって書きやがんの！　ネット見ると俺の離婚もあれが原因らしいぞ。あの家どうすんだ、一人じゃ大変だろう。

俺だって一人暮らしだよ！

ベンちゃんの家はアパホテルのシングルより狭いからな。

うるせえな、オヤジ。おめえのとこはこの焼き鳥屋の二階じゃねえか。下から煙ばかり上がってきて夏は暑いし、冬は煙たい。

蚕飼ってると思えば、風流だろ。

何言ってやんでえ！　ゲンちゃん、充実人生ってどうかな？　俺の家はローンもないし、売った方がいいな。いま、不動産どうなんだ？　いいとこは、値上がってるけど、人気ないとこは安いんじゃねえか。売っても、税金持って行きやがるし、ドロボウめ、共産党入ろうかな？　オヤジみたいに客に合わせて色々入ってやろうかな。公明党とかマック赤坂とか、法の華三法行とか幸福の科学、佼成会、ＰＬ、天理教も入ってよ。

じっさいさ、客が増えるよ。

いまは減ってるじゃねえか！

事件の後は満員だったのになあ！

興味本位で来ただけで、焼き鳥食いたくて来たわけじゃねえよ。

また事件起こすか？

商売人はずうずうしいな。今度は違う事件起こさないと駄目だなあ、オヤジの息子覚醒剤で捕まるか？　それでオヤジが謝るんだＴＶの前で、この度は息子が大変な事件を、すいません、と！　全国展開の焼き鳥チェーンの息子捕まる！って情報を流すんだよ。

一軒しかねえのに？

じゃあ、食中毒で何人か殺そう、そうして死んだ奴を床下に埋める、連続殺人犯は焼き鳥屋のオヤジだった！

おい馬鹿息子、いま若い奴に何が人気ある？

何って？

だから何を売れば儲かると聞いてんだ。

ああ。クスリじゃねえかな。脱法ハーブってのが売れてるよ。

脱法だから、捕まんないのかな、危険薬物ってのは拙《まず》いけど、脱法なら良いんじゃねえか？　そうだ！　何でも脱法って付けると人気出るかも。脱法焼き鳥。ツバメとか丹《たん》頂鶴《ちょうづる》、朱鷺《とき》なんかを焼いて出す。

お前、荒川に浮くぞ！

脱法パンツ、コレはどういうパンツだ？　脱がなくても、ウンコや小便ができる！

便利なだけじゃねえか。

脱法焼酎。

ここで出してるメチルじゃねえか。

出してないよ、灯油しか。

目ぇ、潰れるぞ!

脱法風呂屋、こりゃソープだな。

脱法脱肛、こりゃ痛そうだ。脱法交際は売春だ。

もうやんなったな、生きていくの!

ゲンちゃん、生きてりゃ何かあるよ、旅行でも行ったら?

何処? 外国? 俺、英語できないからなあ。

外国なんか行くことないよ、日本でいいんだ。日本中を自転車で廻って、自転車に日本一周って書いて、腹へったら道の駅で万引きして。

逃亡犯じゃねえか!

四人の横で、焼き鳥屋の馬鹿息子は黙って飽きもせず、ずっとスマホをいじっている。

此奴ら、アップルや携帯会社の奴隷か? 皆同じ携帯を持たされて、毎月何万も取られ、気にしてない。コレこそ搾取する方と搾取される方の実態だ、これが資本主義の原罪だ。

自分の息子が携帯をいじってるのを見ながらこのオヤジは何を言ってんだ。

オヤジ、まず自分の息子どうにかしろ！　仕事しないで携帯ばかりいじってるじゃねえか！

だって、皆何にも注文しないし飽きちゃって。

悪かったな、じゃあ注文するよ、お茶とおしぼり、只のお新香。

センスないねえ！　もっと笑わしてやれよ。

息子が嫌な顔してる。

おい馬鹿息子おまえ日大の何学部だ？

日大の芸術です。

割り算はできるか？

できますよ！

じゃあ問題出すぞ！　いいか、１２３４５６７９掛ける８掛ける９は？

そんなのできませんよ！

ばかめ、８８８８８８８８だ！　１２３４５６７９に９を掛けると１１１１１１１１１になるんだよ、それに８掛けるだけだ。計算してみろ、こんなものは誰でも知ってるぞ！

さすが、ペンキ屋！

関係ねえ！

面白いねえ算数、よし、焼き鳥屋で使えるなコレ！

どの計算で使うんだ、ほとんど、百円か百五十円だろう。

なんかねえかな？　簡単な奴。

いまのが一番簡単だよ。

俺達は勉強は駄目なんだから。

そうだよ、開政高校の奴に言われたんだろ、勉強も野球も駄目だって。畜生そう言う奴らが東大とか京大に入って、国家公務員上級試験なんか受かって、高級官僚になって何回も天下《あまくだ》りして、引退するまで何億円も稼ぐんだ、こんなことでいいのかな、これから霞が関までデモだ！　今、官僚達は国会で大臣たちが答えるカンペ作ってんだ、もうすぐ国会が始まるから徹夜で仕事してるぞ、奴ら！　過労で死ね！　税金ドロボウ！

紙になんか書こう。

なんて書く？　米よこせとか。

そんな大塩平八郎《おおしおへいはちろう》みたいの駄目だろう。出て来いマリー・アントワネット！

関係ないだろ、フランス革命は。淳子帰っておいで！

そりゃ、統一教会だろ！　この、ノーパンシャブシャブ！

いいぞ、そういう懐メロっぽいの！

忖度《そんたく》ばっかりしやがって、この二宮忖度！

つまんねえ！

貧乏人は麦を食え！

いいねえ、池田勇人《いけだはやと》！

板垣死すとも皮残す。

これ、ちょっと違うんじゃねえか？

出てこい、ニミッツ、マッカーサー！

大東亜戦争！　敵は本能寺にあり！

もう突っ込まないから勝手にやろう。天は我らを見捨てた！　辺野古《へのこ》反対！　私はエル・カンターレだ。

もう、気が済んだ？

はい！

なんだよ、素直になっちゃった。

四人は飽きて霞が関まで行く気はなくなった。

水を飲みながらオヤジが言い出した。

俺らの事件を真似たイジメが中高の学校で流行ってるんだって。

真似てって、弱い子に赤く塗った眼鏡掛けさせて走らせるのか？

ああ、火事だ火事だって言いながら、走らされるらしい！

最近のガキはオリジナリティがねえ、皆お仕着せの教育ばっかりだからだ、戸塚ヨットスクールはいいぞ。

そうか？　なんだ、オヤジ、あそこは一人でどう生きるか、身をもって体験できるんだ、できない奴は将来も駄目だ！

今度は、子供の教育か？

何だよあの厚労省、税金使って自分の子供を医大に入れようとしてやがる！　俺は医者の国家試験なんて要らねえと思ってんだ！　偽でも、やってるうち名医になる奴いるぞ、前にすぐ見てくれていい薬出してくれた医者がいたけど、医師免許持っていなかった。歳とって、論文ばかり書いてる医者より、畳屋かお針子の方が上手いぞ！　工事現場と同じで、指示する奴と土方が共同で仕事すればいいんだ。

いま、歯医者が増えて余ってんだろう。客集め大変らしいぜ。歯科大なんか入りやすいから、どうせ解剖がないんだろ、だから馬鹿息子が行くんだよ。子供相手の商売は儲かるよな、毎年ガキが買うようになってるものな！　ミキハウスとかディズニーランドなんか、いい大人まで喜んで行くもの！　俺達もそういうの考えようか？

ミキハウスみたいなの作んの？　大人用のおむつハウスとかオナニーランドとか。やっぱり脱法養老院だな。高級になると、アヘン窟まで付いていて、介護のネーチャンは外人で酒飲み放題、吐き放題、ウンコし放題、チンポ立ち放題、月に一度のぽっくり大会、全員拳銃配られて老人ホームの中で銃撃戦、生き残ると半年独裁者になれる！

島田、お前、金ないから入れねえよ、なあ、ゲンちゃん？　こうやってたまに名前適当に入れないと、読んでる奴が誰の台詞だかわからなくなっちゃうので親切だろう？

誰に、言ってんだ？

これが新しい手法だろ、登場人物が小説の中に存在するか、外にいる奴が急に本の中に登場するか。それでいいんだ、いわばこの現象は、文章のトンネル効果という量子物理学の世界だ！
おい、ベンちゃん、ゲンちゃんがおかしくなっちゃったぞ。
いいんだよ、言わせとけ！

結局、小説の中の活字は粒子であって、その振る舞いは波である、だから、スリット実験では粒子は波のように穴を回り込む、コレによって活字のトンネル効果や不確定性原理のハイゼンベルク、ニールス・ボーアなどのコペンハーゲン学派は文学の世界にも量子物理学を持ち込んできた、日本の俳句になると、5、7、5で構成される、これらの数は皆素数である、また全部を足すと17となりまた素数、コレにより俳句とは素数による活字構成で、他の数にはわけられない活字の量で、見事に感じた世界を表現しているし5、7、5、7、7、コレも足すと31という素数になる、短歌も構成しているのは素数の活字の粒子だ！

おい、ゲンちゃん、完全に狂ってきたぞ、かみさんの死が堪《こた》えてたんだな！

いまの政治家とか官僚とか、ものには寿命があるってのわかってんのかな？　人間だって原子と分子、細かくすれば素粒子でできてるんだ、そのうち宇宙が膨張しつづければ最後には俺達は引き裂かれ、分子も原子も引き裂かれる、彼奴らわかっているのか、コレにてＮＨＫ教育ＴＶ通信大学、物理、量子の発見を終わります、来週のこの時間は江戸の文化歴史幇間《ほうかん》入門、桜川ぴん助さんをゲストにお招きして、その芸など勉強したいと思います、さよなら！


あ！　ゲンちゃん出て行ちゃった。おい、大丈夫かな、見てこようか？

気が触れてしまったのか、ゲンちゃんが、あの日のように外に飛び出して行った。

おい、また車にぶつかったら大変だ、追っかけろ！　と藤川が店を飛び出して行った。

残った二人も店を出て行ったが、ドーンと音がして、何と後ろから藤川が車に撥《は》ねられた。道路を横断しようとしたゲンちゃんを捕まえようと前に出たらしい。オヤジと島田が駆けつけると、藤川を車の運転手とゲンちゃんが介抱している。オヤジがすぐ救急車を呼び藤川を病院に送り、駆けつけて来た警察官に事情を話したが、そいつはゲンちゃんが事故に遭った時のお巡りだった。コレがまた週刊誌やＴＶで面白おかしく報道され、また四人が時の人になってしまった。

藤川は腰と足の打撲で一週間の入院で済んだが、残りの三人は警察の厳しい取り調べに遭い、報道も〈赤い眼鏡事件、今度は復讐か？　前の事件の被害者が今度は仲間を引っ掛ける！〉なんて銘打ち連日放映したが、そのニュースも二週も経たず皆の話題から消えていった。

今、ゲンちゃんは一人暮らしに慣れたのかＴＶのスポーツチャンネルに凝って一日中メジャーリーグ、フットボール、バスケット、と一年中途切れないアメリカのスポーツを観て、焼き鳥屋で皆にいかにアメリカのスポーツが凄いか三人に語っている。

藤川は相変わらずパチンコをやって自宅かオヤジの焼き鳥屋で一杯、というスタイルだし、島田は何故かＴＶゲームに凝ってしまい、年金のほとんどをつぎ込んでいるようだ。

焼き鳥屋のオヤジは息子が店をスナックに変えたいと言い出し、大学まで出てスナックか？　と大喧嘩、結局倅はＴＶの製作会社に入社、毎日こき使われ、焼き鳥屋を継ぐらしい。

え！　私ですか、誰かって？

私は何十年も焼き鳥屋の厨房の奥で鶏を焼いたり、つまみを作ったり、皿を洗ったりしてるオヤジの同級生です！

居酒屋ツァラトゥストラ

長い話もあるもんで、人によっちゃ延々と堂々巡りってこともままあるもんだ。

——みっちゃん、悪い、悪い、遅れちゃって。

山野が駆け足で店に入って来た。

——俺も今来たところだよ。

島田光男が繕《つくろ》ったが、カウンターの上には焼き鳥や豆腐、お新香の器が並んでいるし、ビール瓶も並んでいた。

そんなこと気にせず山野真一は、昨日から管理人室で考えてたんだが、家に帰ってやっとできた、99の法則！と興奮気味に話し始める。

光男が、99の法則？と聞くと、真一が説明しようとする前に親爺は真ちゃん何にする、焼酎の水割？なんて訊いてくる。

――焼酎と、焼き豚《トン》、あと親爺、紙と書く物ある？

話の先を折られた格好の真一だが気にしていない。親爺が紙とボールペンを持ってくると、いいか、これは数学の大発見だぞ、昨日から管理人室で考えてたんだ99の法則！と話し出した。

親爺がポカンとしてる島田の代わりに話に乗ってきた。

――アインシュタインだって相対性理論をスイスの特許局で考えたんだろう、それでノーベル賞だ。

――親爺違うよ、アインシュタインは花粉かなんかのブラウン運動でノーベル賞貰ったんだ。

――真ちゃんは良く知ってるな！。

親爺が感心していると、みっちゃんがさらに乗る。

――真ちゃん、高校の時、数学できたものなあ、そのうちノーベル賞とるかも。

――みっちゃん、数学はノーベル賞ないんだよ。

なんで？と親爺が聞く。

――昔ノーベルの彼女を数学者が寝取ったらしい、それでノーベル賞がないって噂だ、数学はフィールズ賞ってのがあるんだが四十歳までとか厳しいんだ。いいか、二人とも2桁《けた》の数字言ってみて、みっちゃん幾つ、数字だよ。

焼酎をガブ飲みしながら山野が紙にボールペンで99と書いた。光男はちょっと考えてから、じゃあ53！と答える。

——それは俺たちの歳だろ、まあいいや、親爺は？

——じゃあ俺はお袋の歳で82。

——お袋さんもうそんな歳、まだ生きてんの？

——真ちゃん！　変なこと言うなよ。

——悪い、悪い、じゃあその数字を前後逆にして、大きい方から小さい方を引いてみてくれ、んー、だから前後同じ数じゃ駄目だよ。

真ちゃんの言葉にみっちゃんが、じゃあ、おれは53から35引くんだな、と訊ねる。

——そう。

——俺は82から28を引くんだ！

と親爺が訊ねる。

——そう、引いたらその数をまた入れ替えて今度は足すの！

二人は紙に数字を書いて、黙々と引き算をしている。

――真ちゃん53から35引くと18だ。

――18？　じゃあそれの前後を替えて足すと18足す81で99だろ、凄いだろッ！

真ちゃんはみっちゃんに笑みで応える。

――俺は82から28引いて54だ。

親爺の言葉に、54を前後入れ替えると45だ、足すとこれも99だろ、な！　なんて真ちゃんは嬉しそうだ。

しかし、そこはそれ、二人は余り面白そうではない。

――まあなあ、これは2桁だからつまんないんだよね。よし、今度は3桁で同じ様にやってみようか。

なんだかつられて、いつの間にか他の常連さんも紙に数字を書いている。

得意になった真ちゃんが中腰になって周りを見渡す。

――皆、まず3桁の数字をやる前に、１０８９、この数字を覚えておいてくれ、親爺この紙に書いておいてくれ！

１０８９って書けばいいの？　と親爺は紙の端に書いた。

――じゃあ、みっちゃんから3桁の数字言ってみて！

みっちゃんはちょっと考えて、723だ、と答えてみる。

――723ね、じゃあ7と3を入れ替えて、723から327引いて、皆も3桁の数字思って紙に書いてやってみて！

真ちゃんがノセるから親爺や他の客も不思議と熱心にやり出した。

――じゃあ俺は915で行くか。

534とか286とか色々な数字が出た。

――じゃあみっちゃんのやってみるか、723だからそれから327を引くと396だ、これを逆にして足すと396足す693だ、そうすると1089、どうだ親爺、さっきの紙に書いてあるだろう、1089って。

親爺は驚いたらしく、俺の915はどうだ？　915から519を引くんだな、とすると396だ、これをひっくり返して足すと、396足す693は1089、スゲえな。などとしきりに感心しだす。

他の客も口々に1089になったと驚いている。

それを見て嬉しそうに真ちゃんは、ほら3桁のどんな数でもこれをやると1089になる、しかしなぜこれが99の法則なんだと思うだろう?とわざとらしく疑問を呈してみる。こうなると真ちゃんの周りに皆集まってきてしまい、商売にならないが、夢中になってるのが店の親爺なのでしょうがない。

真ちゃんはまた紙に99と書いて、2桁だと99だよね、3桁だと1089、これは99に990を足すと1089になっちゃう、つまり3桁の時は一つずらして99を足すんだ、じゃあ4桁の数はどうか? ちょっとやってみよう、誰か4桁の数言ってみてよ。

サラリーマン風の男が、じゃあ、1234!と意地悪をしようとしたのか数を並べた。

真ちゃんは気にも止めず紙に1234と書いて前後の1と4を入れ替え4231と書いた。

——頭と尻の数字を替えるんだよ、4桁以上は、4231から1234を引くと2997だ、これと、この数字の前後を入れ替えた7992と足すと10989だ、これは狂ってきたと思うだろ、しかし99の法則通りになる。3桁の数字は1089だ、これに一つずらして99を足すと、1089足す9900と思えば10989になる、どうだ驚いたか!

皆テキ屋にまんまとノセられたがごとく、一様に納得したようだ。

——じゃあ５桁の数はどうなるのか、これも４桁の１０９８９に９９０００を足せば１０９９８９になる、１０８９の０と８のあいだに９が増えていくだけで何万桁の数も簡単にできる。証明しようか？　まず２桁の数字でやってみよう、99になってしまうのは何でかというと、２桁の数字は10X＋Yと前後を入れ替えた10Y＋Xで表せる。

　その段になると難しくなってきたのか、引いている奴がいる。しかし構わず真ちゃんは続ける。

——X＞Yとすると、10X＋Yから10Y＋X。ここで引くと10（X－Y）＋Y－X、これはX＞Yより10（X－Y－１）＋10＋Y－Xとなる、これをまたひっくり返して足すとさ、10｛（X－Y－１）＋（10＋Y－X）｝＋（X－Y－１）＋（10＋Y－X）により99となる。ホラ、な？

　真ちゃんは大学の教授みたいだが、客が一人減り二人減り、聞いているのは店の親爺と意味のわからないみっちゃんだけになってしまった。

　気が付いたのか真ちゃんは、皆大人になると数学嫌いになっちゃうんだよな、まあいいや、じゃあ３桁の解法をやるぞ、後は４桁までやれば何桁でも同じだ、とボヤキ混じりに誘って、紙へ１００X＋10Y＋Zと書き出した。

――Z＞Xとすると100Z＋10Y＋Xだろ。だから100X＋10Y＋Yを引くことになる。

そんな講義が延々と続いていく。

講義が終わった頃には親爺は寝てるし、みっちゃんは何か悪酔いしたみたいで、トイレで吐いて戻って来た。俺も聞いてて、いつ終わるかいつ終わるかと小便を我慢していた。しかし真ちゃんは絶好調。今度は花見の数学の話を始めた。

――何だよ、親爺寝ちゃってんのか、まあ、みっちゃんだけでイイヤ！ 問題、四月頃に花見のシーズンになる、小さな花見会をやりたいのだが何人位で行くのがいいと思う？

真ちゃんの問いに内心、みっちゃんは、あまり多いのもつまんないし、少なすぎるのも情けない、二人じゃな、と悩んでいる。

――そこで、花見の数学だ。真ちゃんが待っていたようにまた講義を始めた。

――まず、花見に皆で行くのを数式にしよう。

――そんなことできんの？

親爺がまた起きた。

——できんだ、行こう花見、これを数式にすると、１５８７３《イコーハナミ》になる！

——何でイコーハナミなの？　８７３２１５《ハナミニイコー》、じゃ駄目なの？。

——親爺うるさいよ、こっちの都合もあんだ。

痛いところを突かれて真ちゃんはオロオロしたが、気を取り直す。

——まあ、小さな花見会だから十人以内だ、一人や二人もあまり行かないが行ってもよい、じゃあ何人が一番いいと思う？

親爺が三人はどう？　と訊くのを待っていたように、親爺電卓貸してくれ！　なんて真ちゃんが声を上げる。

親爺が持ってくると、三人？　よしじゃあこの数式に三人を入れてみよう。

——どの数式？

——さっきの１５８７３だよ、これに３を掛けてみると４７６１９、何だか数字がバラバラだ、これだと喧嘩になる、駄目だ他の数字は？

みっちゃんが、じゃあ五人、と口を出す。

——よし、五人を数式に入れると、１５８７３掛ける５だ、すると７９３６５、これも駄目だ、よし正解を発表しよう、答えは７だ！

――何で7なの。

――二人ともよく見てろ、15873に7を掛けると、どうなる？

――どうなるって数が増えるだけだろ？

――花見が七倍になるんじゃねえか？　みっちゃんも乗ってきた。

――驚くな、15873に7掛けると111111になるんだ、これで皆の気持ちが一つになる、七人が一番仲良くなるという数式だ！

その日は真ちゃんの独擅場だった。

そこからずうっと、リーマン予想だのフェルマーの定理だのミレニアム問題だの一人で喋っていた。親爺は寝ちゃってるし、みっちゃんも帰りたいのだがキッカケがつかめない。


その日の夜の真ちゃんの数学講座はどうにか終わったが、最近皆歳をとったのか、自分の人生とか、人間についてとか、大した知識もないのに三人で親爺の居酒屋で夜中まで騒いでいることが多くなった。

真ちゃんこと山野真一は島田光男の高校の同級生で、学問の成績は良かったのに、なぜか役者になりたいと、卒業と同時に俳優座や民藝など老舗《しにせ》の劇団の入団テストを受けたが何処《どこ》も合格せず、大学卒くらいの学力が必要だと芸人やタレントの卒業生が多い日大の芸術学部に入った。真一は数学が得意だったので親は工学部か理学部に入れたがったが、諦めたのか日大入学を許した。しかし結局、よくある話だが、将来のことで親子喧嘩が始まり、家出、アルバイト、アングラ・サブカルチャー系の劇団に入り仲間の女と同棲、女が芝居を諦めカタギの男と結婚、劇団解散、暫《しばら》くしてアルバイトのコネでビル管理会社に就職という人生行路を進んだ。

そして会社の帰りや休みの日に、島田光男と高校は違うが同い歳の荒木茂が主人である居酒屋「八雲」で酒を飲むのが日課だった。人生で何もできずに、中年から中高年に変わっていく自分達の不安や諦めを店でまき散らしているわけだ。

島田光男は高校時代に野球部で、一時スポーツ新聞を賑わしたこともある。その当時、高校生でプロ野球のドラフトに指名される選手は皆、甲子園の常連校で小、中学の頃から鳴らした子供ばかり。島田のように都立高校の時、プロのスカウトの目にとまったというのは珍しく、新聞が「都立の星、無名の選手ドラフト三位指名」と派手に書きたてた。本人は騒がれる理由がわからなかったらしいが、そのスカウトが練習試合をたまたま見て、左ピッチャーだし、スピードもそのうち出てくるだろうと勝負に出たのだった。光男も案の定、二軍から一軍に上がれず、バッティング投手、用具係、グラウンドキーパーと典型的なパターンで野球界から消え、コネで宅配便の運転手として雇われた。私生活も高校の頃人気だった女子と結婚して、直ぐ離婚、これもスポーツ選手のよくあるパターンだ。

八雲の親爺、荒木茂はバカ高校から京都の有名料亭に親のコネで修業に出され、関東から来た小僧が先輩から嫌われたのか、喧嘩して直ぐ東京に帰って来たが、実家の店へ客が来なくなり、名前だけ残して居酒屋に変えてどうにか借金を返してまあ一安心といったところだった。

一週間ぶりに島田と山野が八雲で待ち合わせた。

——真ちゃん、99の法則どうすんだっけ、まず引くんだよな?

恥ずかしそうに聞くみっちゃんへ、みっちゃん、あれ、本屋で売っていた大人も楽しめる面白算数って本に出てたよ、と親爺が嬉しそうに言う。そしてノーベル賞は無理か！と続けた。

——このバカ高校。だから数学にはノーベル賞ないんだよ！

真ちゃんがむっとして言う。

——バカは大きなお世話、なに飲むよ？

——焼酎でいいよ、ここは一流居酒屋だから。

傍らのみっちゃんが、値段は一流、味は三流！と囃《はや》し立てる。

——なんで味が三流なんだ、二が抜けてるじゃねえか、と親爺が返す。

——親爺、それ文句か。皆、相変わらずだな。

焼酎を飲みながら真ちゃんが呟く。

——ビョーキはいやだねえ。若いのに水泳の女の子もさ、ついてねえなあ、オリンピック金メダル候補だろ、なんでそんな時病気になるかな？

——俺らなんかいつでも病気の準備ができてるのによ。

親爺がお通しを出しながら、金メダル候補じゃなくて普通の女の子だったら、どうなんだろう？　と言う。

——何だ親爺、変なこと言い出すな、金メダル候補と普通の女の子とどっちが可哀想なんだってのか？

真ちゃんが聞く。

――人間は平等なんだから両方とも、可哀想に決まってんだろ、俺の知り合いで同じ病気で苦しんでいる子がいるからよ。その子も何か、世間に認められるようなことがあったかも知れないからな。

親爺の言葉に真ちゃんが、じゃあ、もっと小さな女の子だったら可哀想かな、まだ幾らも可能性があって生きていけたのに。うん、小さな子の方が可哀想な気になるよな、何かやれることあったかも。みっちゃんがぽつりと呟く。

――じゃあ、みっちゃんはプロ野球選手になったことあるんだから少しはいいのか？

――ある部分、俺は昔プロのドラフトに掛かったたってことあるぞって思い出で生きてきたことはあるよ。

――人は思い出だけでもあった方がないよりいいか。

――こんなこと、誰が決めるのかなあ、神様か？

真ちゃん、今夜は宗教や哲学の話で盛り上がりたいらしい。親爺はまた始まったという感じで他の客の相手をし出した。

みっちゃんがいきなり、人間はなんで生きなきゃいけないんだろう、と問い始めた。真ちゃんは不意を食らった。そういえばなんで人は生きていかなきゃいけないんだろう？　彼もまた同じ思いがあった。また、みっちゃんが呟く。

——神様が決めたというのはおかしいよな。

——なんで？　何かあると皆神様が決めたって言うじゃねえか、神の思《おぼ》し召《め》しとか言って、だったら昔からの戦争、第一次第二次で何人の人間が死んだと思ってんだ、子供も年寄りもだぞ！

　真ちゃんの調子が上がってきた。

——神様がいるんだったら止めろよ！

——でも真ちゃん、神様が止めたら、ただ、その世界の人間の自由はないことになっちゃうんだって、神様は人間に自由を与えどう生きるか考えさせてんだと、本に書いてあったぞ。

——人を殺すのも、自殺するのも自由なの？

——人間が選べって言ってるらしい。

——じゃあ、なんで自殺させないように、人間に痛点なんか持たせたんだ。痛くなければ悩んでる奴は皆、電車に飛び込んだり、ビルから飛び降りたりするぜ、痛そうだからやんないんだ。

――いや、人間に痛覚がなかったら悩まないし、怪我で死ぬよ。

――本当かよ、親爺焼酎。

真ちゃんは言いながら今度は、なんで人間というモノが現われたんだろう、地球の他の生物殺してんだろ人間が、でも神様は勝手にやらせてんだ。そう、ひとりごちる。

――宇宙の始まりはビッグバンで150億年くらい前で、地球ができたのは50億年くらい、人間の今までの時間をカレンダーにすると12月31日の夜中だってさ。

――みっちゃんよく知ってんな、宇宙はジャンジャン広がってんだろ、ハッブルの望遠鏡で遠くの銀河が加速しているって、赤方偏移《せきほうへんい》ってドップラー効果だ、俺もよく知ってんだろう、何せ管理人室のアインシュタインだから！

カウンターの向こうから、そんなこと誰も言ってないぞ、と親爺が突っ込む。

――早く酒出せ、親爺、不味《まず》いぞこの鯖《さば》。

――鰺《あじ》だよ！　しょうがねえな。

そんなことなんか気にせず真ちゃんは続ける。

――神様がいるんだったら、人間が絶滅したら如何《どう》すんだろう、その前に止めるかな、今の俺達はＡＩが進化して未来のロボットが今の時代をシミュレーションしてるって書いてあるぞ、俺達は金魚みたいに飼われていて観察されてるって。

——映画の「マトリックス」か。

——でもみっちゃん、バブル宇宙とか紐《ひも》理論で言えば宇宙は沢山あるらしいぞ。

——宇宙が沢山あるとしてもだよ、俺達は今の世界にいるわけだから、ここ以外の文化とか生き物とか原子は理解の範囲から出ちゃうね。

——宇宙は無限にあるらしい、並行世界ってやつ。そこにはプロで成功したお前がいて五〇〇勝したり、役者で成功した俺がいて、アカデミー賞幾つも貰ったり、金髪の女優と付き合ってたりしているんだよ。

——金髪って古いな、じゃあ、プロで駄目だった俺とか、役者で売れなかった真ちゃんの宇宙もあるの？

——バカ。そりゃあ、ここじゃねえか。

——なんで、ここ以外の宇宙があるってわかるの？

——原子を調べると、粒子、反粒子ってペアになってるらしい、此処は粒子で、反粒子の世界があるらしい、だから俺と反俺、みっちゃんと反みっちゃんがいる宇宙がある。

——真ちゃん、学研のほら、オカルト雑誌「ムー」とかたま出版読んだんじゃないの？

——ああいうの好きなんだ俺、だから病気になった金メダリスト候補が健康なまま金メダルをとる宇宙もあるし、もっと凄いのは病気が治ってトーキョーオリンピックで復活、ハリウッドで映画化され、恋人役に俺が選ばれアカデミー賞とる宇宙もあるんだ。

——じゃあまるっきり逆の宇宙もあんだろ？

——その宇宙がここだ、仏教だとここは修行の場で、修行が足りないから人間は生まれ変わってもこの地球上なんだ。

——じゃあ、王さん、長嶋さん、イチロー、ベイブ・ルースも修行が足りないの？

——さすが、みっちゃん野球で攻めてくるな。そうだ、皆、本当は満足してないんだ、三冠王を10回でホームラン１００本、打点２００、打率5割、これができなくて王さんはまだ修行が足りないと本人が思ってたからこの世にいるんだ。

　もうだいたいたいから、むちゃくちゃである。

——じゃあ、一軍にいたことなくて一勝も上げられない俺でも満足したらいいのか、天国行けるわけだ。

——そう思ってる奴は地獄へ行く。

——なんだよ、あの世に天国や地獄あんの？

――だから此処が地獄だ、ブラックホールと同じだ。

――ブラックホールって捕まると光も出てこられないんだろ、入ったら何処行くの？

――ホワイトホールだ、そこから違う宇宙に行けるからタイムトラベルができる。

――じゃあ、よく言う……なんだ、そうそう。パラドックスで、過去に行って自分の親を殺したら未来の自分はどうなってんだって話はどうすんのさ？

――みっちゃん、ソコなんだ！

そことはどこかわかってるのか、いつも二人は基本は問わない主義だ。

――宇宙ってのは無限にある、あんたが生まれた時ワンワン泣いた宇宙と泣かなかった宇宙は違うんだ、いまみっちゃんは右手でビールのコップ摑んだよな、これが左手だったら違う宇宙に行ってんだ、だから自分の親を殺したら違う宇宙に行くだけで、同じ宇宙じゃない。

――何だかわからないけど、昔から瞬間瞬間で俺達が生きてる宇宙が変わってんのか、宇宙は幾つあるんだろう。

――ひとが想像できる限りの宇宙はある、何か想像してみろよ！

みっちゃんは瞑目《めいもく》して、生涯ありったけのイマジネーションを働かす。

――じゃあ俺が独裁者で真ちゃんが奴隷《どれい》で何時《いつ》も俺に殴られてる宇宙は？

――俺になんか恨みでもあんのか？　あるよ、なんでも、その逆もあるし、考えてみると人間の想像力なんてたいしたことないだろう、好きなこと考えても、それは今まで生きてきた経験からしか出てこないだろ、だから宇宙はしょせん人間の想像力なんか相手にならないほど多様なんだ、皆昨日があったと思ってるだろ？

――昨日はあったろ、俺なんか昨日、車ぶつけられそうになったし、道間違えたり。

――でも、なくてもいいんだ、昨日があったと全員が錯覚して同じ記憶を持たされたら昨日はあった、でいいんだ、なくても今があればいいんだ。

――そうか、瞬間瞬間に宇宙が変わってんのか、その宇宙に俺らはサーファーのように乗ってんのか。

――そう、だから、くよくよすんな！

――真ちゃん、俺くよくよしてないよ。

――悪い悪い、なんでこんな話になちゃったんだ、あそうだ、人間は何で生きなきゃいけないんだ、いや、なぜ人間はできたのか、か？

――宇宙なんかいっぱいあって、色々な自分がいるし、人間が想像する世界は必ずあるし今は今ではなく、未来の奴らの作った物かも知れないし、何だかもうやんなった、帰ろうか、親爺帰るぞ。幾ら？

――もう帰るの、７２００円！

――え、俺一人で！

――そう、真ちゃんは１２００円。

――やはり俺達は地獄で修行させられてんだ。

するとと親爺が、安い宇宙もあるぞ、なんて自信たっぷりにニヤリと笑う。ポカンとしてる島田の代わりに話に乗ってきた。

――アインシュタインだって相対性理論をスイスの特許局で考えたんだろう、それでノーベル賞だ。

――親爺違うよ、アインシュタインは花粉かなんかのブラウン運動でノーベル賞貰ったんだ。

――真ちゃんは良く知ってるな。

親爺が感心していると、みっちゃんが割って入る。

――真ちゃん、話が最初に戻ってねえか？　酔っぱらい過ぎちゃったかね？

すると、ずーっとここまで聞いていた厨房の俺は連中に言ってやった。
――こいつがニーチェの永劫回帰だよ、わかったか！

［初出］

ホールド・ラップ………「文藝」増刊「ビートたけし」（二〇一九年四月）
実録小説　ゴルフの悪魔…「週刊文春」（二〇一九年三月二八日号、四月四日号、一一日号、一八日号）
誘拐犯……………………書き下ろし
粗忽飲み屋………………書き下ろし
居酒屋ツァラトゥストラ…書き下ろし

＊この小説はフィクションです。実在の人物や団体などとは関係ありません。

北野武（きたの・たけし）
ビートたけし。一九四七年、東京都足立区生まれ。七二年、ツービート結成。漫才ブームとともに絶大な人気を誇る。八九年『その男、凶暴につき』で映画監督デビュー。九七年『HANA-BI』でベネチア国際映画祭金獅子賞を受賞。二〇一〇年、フランスの芸術文化勲章「コマンドール」を受章。一八年、旭日小綬章受章。近著に『アナログ』『ゴンちゃん、またね。』『フランス座』『キャバレー』などがある。

北野武《きたのたけし》第一短篇集《だいいちたんぺんしゅう》　純《じゅん》、文学《ぶんがく》

二〇一九年一〇月二〇日　初版印刷
二〇一九年一〇月三〇日　初版発行

著　者　北野《きたの》武《たけし》
発行者　小野寺優
発行所　株式会社河出書房新社
〒一五一-〇〇五一　東京都渋谷区千駄ヶ谷二-三二-二
電話　〇三-三四〇四-一二〇一［営業］
　　　〇三-三四〇四-八六一一［編集］
http://www.kawade.co.jp/

組　版　株式会社キャップス
印　刷　株式会社暁印刷
製　本　小泉製本株式会社

Printed in Japan　ISBN978-4-309-02822-4